기획의 말

그리운 마음일 때 'I Miss You'라고 하는 것은 '내게서 당신이 빠져 있기(miss) 때문에 나는 충분한 존재가 될 수 없다'는 뜻이라는 게 소설가 쓰시마 유코의 아름다운 해석이다. 현재의 세계에는 틀림없이 결여가 있어서 우리는 언제나 무언가를 그리워한다. 한때 우리를 벅차게 했으나 이제는 읽을 수 없게 된 옛날의 시집을 되살리는 작업 또한 그 그리움의 일이다. 어떤 시집이 빠져 있는 한, 우리의 시는 충분해질 수 없다.

더 나아가 옛 시집을 복간하는 일은 한국 시문학사의 역동성이 드러나는 장을 여는 일이 될 수도 있다. 하나의 새로운 예술작품이 창조될 때 일어나는 일은 과거에 있었던 모든 예술작품에도 동시에 일어난다는 것이 시인 엘리엇의 오래된 말이다. 과거가 이룩해놓은 질서는 현재의 성취에 영향받아 다시 배치된다는 것이다. 우리는 현재의 빛에 의지해 어떤 과거를 선택할 것인가. 그렇게 시사(詩史)는 되돌아보며 전진한다.

이 일들을 문학동네는 이미 한 적이 있다. 1996년 11월 황동규, 마종기, 강은교의 청년기 시집들을 복간하며 '포에지 2000' 시리즈가 시작됐다. "생이 덧없고 힘겨울 때 이따금 가슴으로 암송했던 시들, 이미 절판되어 오래된 명성으로만 만날 수 있었던 시들, 동시대를 대표하는 시인들의 젊은 날의 아름다운 연가(戀歌)가 여기 되살아납니다." 당시로서는 드물고 귀했던 그 일을 우리는 이제 다시 시작해보려 한다.

기획의 말

그리운 마음일 때 'I Miss You'라고 하는 것은 '내게서 당신이 빠져 있기(miss) 때문에 나는 충분한 존재가 될 수 없다'는 뜻이라는 게 소설가 쓰시마 유코의 아름다운 해석이다. 현재의 세계에는 틀림없이 결여가 있어서 우리는 언제나 무언가를 그리워한다. 한때 우리를 벅차게 했으나 이제는 읽을 수 없게 된 옛날의 시집을 되살리는 작업 또한 그 그리움의 일이다. 어떤 시집이 빠져 있는 한, 우리의 시는 충분해질 수 없다.

더 나아가 옛 시집을 복간하는 일은 한국 시문학사의 역동성이 드러나는 장을 여는 일이 될 수도 있다. 하나의 새로운 예술작품이 창조될 때 일어나는 일은 과거에 있었던 모든 예술작품에도 동시에 일어난다는 것이 시인 엘리엇의 오래된 말이다. 과거가 이룩해놓은 질서는 현재의 성취에 영향받아 다시 배치된다는 것이다. 우리는 현재의 빛에 의지해 어떤 과거를 선택할 것인가. 그렇게 시사(詩史)는 되돌아보며 전진한다.

이 일들을 문학동네는 이미 한 적이 있다. 1996년 11월 황동규, 마종기, 강은교의 첫번째 시집들을 복간하며 '포에지 2000' 시리즈가 시작됐다. "생이 덧없고 힘겨울 때 이따금 가슴으로 암송했던 시들, 이미 절판되어 오래된 명성으로만 만날 수 있었던 시들, 동시대를 대표하는 시인들의 젊은 날의 아름다운 연가(戀歌)가 여기 되살아납니다." 당시로서는 드물고 귀했던 그 일을 우리는 이제 다시 시작해보려 한다.

단편들

문학동네포에지 008

박정대 시집

단편들

시인의 말

이제는 가끔씩 꿈에나 보이는 외할머님, 그 애틋한 사랑의 기억 하나로 저는 살아 있습니다. 평화시장, 그 새벽 도깨비시장에서 당신이 사주시던 해장국의 온기로 첫 시집을 엮습니다.

1997년 11월
박정대

개정판 시인의 말

나의 시는 여전히 고독과 침묵의 식민지

1997년 가을~2020년 가을
박정대

솔치재에 계신 외할머님께 첫 시집을 바칩니다.

차례

단편들

촛불의 미학

촛불을 켠다
바라본다
고요한 혁명을

단편들

1. 워터멜론 슈가에서

물이 끓고 있다. 가습기 같은 내 영혼, 〈아스펜 익스트림〉이란 영화를 보고, 눈이 쌓인 설원을 생각했어야 되는데 진로 소주 한 병의 위력에도 휘청거리는 아스펜 아스피린 같은 혼몽한 겨울밤. 비명처럼 담배 한 대를 피워 물고 옛날처럼 나는 늙었다. 워터멜론 슈가에서 오늘은 누가 또 미국의 송어낚시를, 피워 무는지 몰라도 무섭도록 그리운 건 담배 한 개비 속에 떠오르는 춥디추웠던 그 골방의 기억뿐,

겨울밤엔 담배가 필요해 양, 누군가 와줬으면 해. 워터멜론 슈가에서 나 기다려.

난초 한 뿌리에 잎사귀는 열아홉 개. 거미는 다리가 여덟 개. 하늘에는 쌍둥이 구름이 흘러가고 디셈버는 12월, 옥토버는 10월, 4월은 에이프릴. 앞치마 같은 여자들.

난초를 마신다, 가습기 같은 내 영혼, 고장난 지붕 위로 비가 내려 난초를 한 컵 마시고 그는 취해서 운다. 난초잎 속의 여자들, 여자들 속의 난초잎. 쌍둥이 구름에 관한 기억들이 거리를 걸어간다. 푸르게 돋아나는 거리에서 그는 취해간다. 포켓볼 같은, 핀볼 같은 생, 베나레스에는 아직 벵갈호랑이가 살아 있고 호랑이는 다리가 3개.

2. 페루여관에서

그 거리를 지나 그들이 당도한 골목 끝에 섬처럼 여관이 하나 떠 있었다. 여관은 검객의 차양모 같은 지붕을 뒤집어쓰고 낡은 간판을 펄럭이고 있었는데 여관의 이름이 취생몽사였는지 동사서독이었는지 난초 잎사귀 속의 호랑이였는지 호텔 바그다드였는지 페루여관이었는지는 아무도 기억하지 못한다. 암튼 그들은 지친 육체를 이끌고 그곳에 당도한 가엾은 한 쌍의 새였다. 동사가 티브이를 틀었고 서독은 침대 위에 무너져 오래도록 누워 있었다. 아주 오래도록 누워 있었는데 동사와 서독 사이로 바람이 불고 바람은 화병에 그려진 벵갈호랑이를 피워내려고 무진 애를 쓰고 있었다. 티브이 화면에서도 심하게 바람이 불고 지익 직 소리를 내며 폭설이 내리고 있었다. 폭설 속에서 밤은 또 워터멜론처럼 푸르게 푸르게 익어가고 있었을 것인데, 동사의 담배 연기만이 벽에 걸린 액자 속 여인의 두툼한 허벅지를 쓰다듬고 있었다. 벽에 걸린 여인은 동사의 담배 연기가 간지러웠던지 맥주잔을 든 채 몸을 비비꼬고 있었는데 그녀의 가랑이 사이로 태평양의 산호섬이 보이고 푸른 물결이 넘실거리고 있었다. 서독은 액자 속 야자수 너머의 어떤 한 점을 응시한 채 계속 말없이 누워 있었고 그런 그녀에게 담배를 물려주며 동사는 그가 지나온 거리와 앞으로 가야 할 길을 생각하고 있었다. 길이 끝나는 곳에 다리가 있었다. 담배를 피워 문 채 동사는 다리를 지나 서독의 몸속으로 들어갔다. 담배를 피워 문 채, 담배가 다 타는 동안만 그들은 사랑을 나누었다. 가벼워졌어? 담배를 재떨이에 비벼 끄며 동사가 물었다. 네 몸이 나를 가볍게 해. 그렇게 대답하며 서독은 동사의 몸 한가운데를 물고 다시 어디론가로 날아올랐다.

3. 태양이라는 이름의 별에서

깊은 밤에 빅토르 최라는 천막을 하나 치고 알전구에 몸을 데우다보면 태양이라는 게 뭐 별건가요. 그는 캄차트카의 화부였다는데 화부 일을 오래하다보면 알게 되죠. 태양이라는 게 뭐 별건가요. 화부, 화부라는 직업 참, 좋죠. 자고로 남자로 태어난 사람이라면 한 번쯤 해볼 만한 일이요. 왜 거 있잖아요. 무라카미 하루키라는 작가의『바람의 노래를 들어라』라는 것도 알고 보면 모두 화부를 위한 작품이죠. 불 때는 남자, 그럴듯하지 않아요? 아궁이에 불 넣는 남자. 태양이라는 게 뭐 별건가요. 바닷속 물고기의 눈동자에도 태양은 있어요. 하지만 깊은 밤에 잠들지 못하고 빅토르 최의 노래를 듣는 사람은 태양을 등진 사람이에요. 스스로 태양을 피워올리려는 사람이죠. 거리에서 태양을 보았다고 하는 사람이 많아요. 하지만 그런 말은 믿을 게 못 되죠. 태양을 보려고 사막에 간 적이 있었어요. 하지만 그곳에도 태양은 없었어요. 착각에 지나지 않아요. 그들이 태양이라고 믿는 것은 사실 태양이 아니에요. 태양은 그렇게 쉽사리 자신의 모습을 드러내지 않아요. 하지만 뭐 따지고 보면 태양이 뭐 별건가요. 태양다방도 있고 태양당구장도 있고 태양뷔페도 있는데 알고 보면 그런 게 다 태양이지요. 눈만 감으면 시시때때로 떠오르는 게 태양이에요. 희미한 옛사랑의 그림자도 다 태양 때문에 생기는 거예요. 태양다방의 아가씨도 태양이에요. 그녀의 명함 속에 분명히 쓰여 있어요,

태 양 다 방

태현실(23세)

415-7474

*언제라도 태양을
불러주세요.
(24시간 배달 가능)

4. 거리에서

어제는 바람이 몹시 불었어, 명동엘 갔었는데 사람들이 깃발처럼 나부끼고 있었어. 어제는 바람이 몹시 불었어요, 명동엘 갔었는데 사람들이 깃발처럼 나부끼고 있었어요. 어제는 바람이 몹시 불었지, 명동엘 갔었는데 사람들이 깃발처럼 나부끼고 있었지. 어제는 바람이 몹시 불었네, 명동엘 갔었는데 사람들이 깃발처럼 나부끼고 있었네(발성 연습을 좀 해봤어요).

나는 티브이를 끄고 당신에게 편지를 써요
더이상 쓰레기를 볼 수 없다고
더이상 힘이 없다고
나는 거의 알코올중독자가 되었다고
그러나 당신은 잊지 않았다고
전화가 와서 내가 일어나려 했다고
옷을 입고 나갔다, 아니 뛰어나갔다고
그리고 나는 아프다고 피곤하다고,
그리고 이 밤을 자지 못했다고 말이에요

나는 대답을 기다려요 더이상 희망은 없어요
곧 여름이 끝날 거예요 그래요

날씨가 좋아요 사흘째나 비가 와요
비록 라디오에서 그늘도 더운 날씨가

되겠다고 예보하지만 하긴 내가 앉아 있는
집안 그늘은 아직 마르고 따스해요
아직이라는 것이 두려워요
시간도 빨리 흘러요 하루는 밥 먹고
3일은 술 마셔요
창밖에 비가 오지만 재미있게 살아요
오디오가 고장나서 조용한 방에 앉아 있어도
기분이 좋기만 해요

나는 대답을 기다려요 더이상 희망은 없어요
곧 여름이 끝날 거예요 그래요

창밖에는 공사중이에요
크레인이 일하고 있어요
그래서 그 옆의 레스토랑이 5년째 휴업해요
책상 위에 병이 있고 병 안에는 튤립이 있어요
창턱에는 컵이 있어요
이렇게 해가 지고 인생이 흘러가요
참으로 운이 좋지 않아요
하지만 하루라도 한 시간이라도
운 좋은 날은 오겠지요

나는 대답을 기다려요 더이상 희망은 없어요
곧 여름이 끝날 거예요 그래요

어제는 바람이 몹시 불었네, 명동엘 갔었는데 사람들이 깃발처럼 나부끼고 있었네. 어느 죽은 가수의 노래가, 여름이라는 노래가 깃발처럼 나부끼고 있었네. 너무 가까운 거리가 우리를 안심시켰지만 그것은 알 수 없는 불안이었네. 참으로 많은 비밀이 휘청거리며 나부끼고 있었네. 가수의 노래가 천 개의 귀를 흔들고 있었네. 스피커에서 흘러나온 영혼이 천 개의 추억을 마구 흔들고 있었네. 마침표가 없는 걸음들이 끊임없이 쉼표처럼 뒤뚱거리며 걷고 있었네. 어디로 가야 할지 알 수 없어, 거리에서, 그 거리에서 염소처럼 나는 담배만 피워대고

5. 장밋빛 모퉁이에서

그날 너는 상점 앞 평상에 앉아 나를 기다리고 있었다. 당구장을 지나 네거리의 좌측 편에 있는 상점을 내가 지나쳐갈 때, 네가 나를 불렀지. 우리는 좁은 언덕의 골목길들을 따라 어디론가 함께 올라가고 있었다. 저녁 시간이었는데, 아직 어둡지는 않았고 그렇다고 밝다고 말할 수도 없는 그런 저녁 무렵이었다. 나의 방에는 모과주가 익어가고 있었고 우리는 그것을 향해 걸어올라가고 있었는지도 모른다. 너와 함께 걷고 있는 불안감이 무척이나 매혹적으로, 미지의 매혹을 간직한 하나의 달콤한 유혹의 느낌으로 나를 휘감아왔다. 나는 그 달콤한 미지의 불안을 향하여 걸어가고 있었던 것이다. 밤하늘을 향하여

하나의 달이 떠오를 무렵, 네 가슴에서는 두 개의 달이 떠오르고 있었을 것이다.

6. 취생몽사

바람이 없으니 불꽃이 고요하네
살아서는 못 가는 곳을 불꽃들이 가려 하고
있네, 나도 자꾸만 따라가려 하고 있네
꽃향기에 취한 밤, 꽃들의 음악이 비통하네
그대와 나 함께 부르려 했던 노래들이 모두
비통하네, 처음부터 음악은 없었던 것이었는데
꿈속에서 노래로 나 그대를 만나려 했네
어디에도 없는 그대, 어디에도 없는 생
취해서 살아야 한다면 꿈속에서 죽으리

금연 구역의 나날들

그 조직 속에서 상처의 바이러스와도 같은 나는,

환풍기가 돌아가고 그는 금붕어처럼 살아 있다
자격 심사에 걸려 캘리포니아로 이민 갈 수 없다는
그를 위로하며 나는 식은 커피를 마시지만
목구멍을 통과하는 것은 딱딱해진 햇빛 몇 조각
구름들이 흘러갔다 우리들 어깨
위의 구름은 몇 개 수화에 불과하다, 나는 문득
'버림받았다'라는 말의 뜻을 이해할 듯도 하지만
와이셔츠 칼라에 빼근한 월요일이 와 닿고
후줄근한 금요일의 피로가 구겨질 때, 산다는
것은 개×만도 못한 것이다, 환풍기가 돌아가고
그는 입을 빠끔거리며 가빠져오는 폐활량을 기침하지만
나는 잔인하게 어항을 향해 질식과 자폭의 연기를 날린다
황홀하다는 것은 가끔씩 자욱하다는 것, 끊임없이
물질적으로 환풍기가 돌아가고, 돌아가고, 돌아가다가
아 끝내, 멈추어주기라도 할 양이면
아 끝내 황홀하게(홈마 홈마 홈마)
내 온몸 내 온 숨통 죄어주기라도 할 양이면,
(홈마 홈마 홈마, 홈마 홈마 홈마, 홈마 홈마 홈마 홈마예)
캘리포니아 해변가를 볼보 트럭을 타고 전속력으로
달리고 싶어,

그 조직의 상처인 그대인들,

아이다호

아무데서나 나도 팍 쓰러지고 싶었다

화염에 휩싸인 채 흘러가는 구름들, 들판 위의
집들 빠르게 빠르게 하늘을 건너갈 때
누군가의 깊은 한숨이 마리화나의 새떼를 날릴 때
날아가는 새떼 위로 쏟아지던, 화염방사기 속의 여름
나는 아무데서나 어디로든 도피하고 싶었다 하늘에서
참새구이들이 투툭 떨어져, 소주병 속으로 떨어져
푸른 정맥 속에서 하나의 길이 예감처럼 솟구쳐오를 때

사랑을 잃고 나는 걸었네
자전거를 타고 가기도 했네
추억이 페달이었네 폐허와
폐허와 폐허와 또다른 폐허
속에서 푸푸
푸른 현기증이 나도, 페달을 밟으면서
길옆으로는 가기도 잘도 갔네 아 하면
아이다 아이다 호호호, 푸푸푸 하면서
세월이 갔네 아무데서나
사랑을 했네
사랑을 잃고 나는 쓰네*

쓴 것이 몸에는 좋다네

* 사랑을 잃고 나는 쓰네: 기형도, 「빈집」 중에서.

SADANG 가는 길

청명, 한식 다 지나고 바람 부는 날 강을 건너 사당으로 나는 가. 강 건너편에서 보면 때로는 모든 것들이 아름답게 보이기도 해. 물오리떼 위패처럼 떠도는 그 고요한 물결 위로 가결된 영혼들은 가끔씩 몇 장 불빛으로 황홀하게 떨어지기도 해. 그대, 강 건너편의 아름다운 그대여, 네 눈물의 폭우 속에서 사막의 달 두 개 빛날 때, 나는 로클랜드에 너와 함께 있어.* 그대여, 유리창 속을 들여다봐, 뭐가 보이나. 그 속에 와 있는 햇살들의 입김을 들여다봐, 꿈꾸듯이. 음악을 듣듯이 상상해봐, 왜 나뭇잎 속에 호랑이가 들어갔는지. 파란 개나리 새순 속에서 몽고 대초원이 어떻게 깨어나는지. 너를 가로막고 있는 콘크리트 벽 속에서, 두 그루 미루나무가 튼튼하게 걸어갈 때, 그대여, 로클랜드에 나는 너와 함께 있어. 통곡처럼 깊어가는 어둡고 추운 이곳에서 나는 지금 내가 쓰고 있는 이 글이 읽혀지리라고 기대하지 않아. 희망하지도 않아, 이곳에서 자신을 표현하기 위해선 미쳐야만 해. 그러나 나는 아직 미치지 않았고, 그러고 싶지도 않고 미쳐버리고 싶은 그러나 미쳐지지 않는 그런 상태도 아냐. 그래, 나는 아직까지 불행하게도 마약이 필요 없어. 다만 나의 망막에 와 닿는 프레임을 조금 바꾸고 싶을 뿐,

* 나는 로클랜드에 너와 함께 있어: 앨런 긴즈버그, 「통곡」 중에서.

〈그림 1〉 남태령역에서 전철을 기다리고 있는 굴원.

나는 지금 굴원의 『초사』를 보고 있다. 정확히 말하자면 나는 지금 굴원의 『초사』의 빈껍데기를 보고 있다. 『초사』라고 번역된 시집의 뒷면 표지를 보고 있다. 나는 왠지 자꾸만 그 표지에 그려진 굴원을 보고 있다. 그러나 나는 왠지 자꾸만 그 그림만 들여다보고 있는 것이다. 자꾸만 들여다보니까, 무엇인가가 보인다. 보여야 할 것이 보이고, 보이지 말아야 할 것도 보이고, 자꾸만 무언가가 보이는 것이다. 남태령이 보이고, 지하철 정거장이 보이고, 테라스에서 졸고 있는 뒤라스의 뒷모습도 보이고, 저수지도 보이고, 저수지를 배회하는 개같은 인생들도 보이고, 〈인생〉이라는 영화에 나왔던 공리의 붉은 입술도 보이고, 공해에 찌든 서울 하늘도 보이고, 해변에서 공을 차는 햇살들의 근육도 보이고, 근육 속의 힘도 보이고, 힘 속에서 꿈틀거리는 권력에의 의지도 보이고, 암튼 보이고 있는 것이다. 그러나 그럼에도 불구하고 나는 지금 굴원의 『초사』를 보고 있다. 정확히 말하자면 나는 지금 굴원의 『초사』는 전혀 읽어보지도 않은 채, 책표지에 그려진 굴원의 모습을 보고 있다. 굴원이라는 시인은 어쩌다가 나에게로, 나의 손아귀로 굴비처럼 굴러떨어져 이 사면초가를 치르고 있는지 몰라도, 지금 나는 단숨에 굴원을, 굴복시키려는 듯 쳐다보고 있는 것이다. 그러나 그럼에도 불구하고 굴원은 전혀 나를 보고 있지 않다. 그는 남태령 지하철역에서 전철을 기다리고 있는 것이다. 사당에서 내려야 하는 것을, 졸다가 지나친 것이다. 인생이란 다 그런 것이다. 무엇인가를 스쳐지나가는 것이다. 지나친 다음에야 우리는 알 수 있는 것이다. 아, 사랑이 저만치 가네, 속삭이는 것이다. 그러나 그럼에도 불구하고 나는 지금 아무런 느낌도 없이 무엇인가를 스쳐지나온 것이다. 남태령 지하에서, 풀뿌리처럼 흔들리며 떨고 있는 것이다. 아무리 5월의 밤하늘을 향해 타는 목마름으로 별들에게 길을 물어봐도 사당으로 가는 길은 보이지 않는 것이다. SADANG—나는 SADANG을 '새드앙'이라고 읽는다—은 늘 슬픔이 나보다 먼저 도착하는 곳이어서 앙 하고 눈물이 날 것 같은 곳인 것이다. 이수를 지나면서부터, 이소(離騷)를 지나면서부터 나는 줄곧 졸고 있었던 것이다. 그러나 그럼에도 불구하고 SADANG으로 가는 길은 보이지 않는 것이다. 그곳이 멱라든 소상강 남반이든 나는 지금 어디론가 가고 싶은 것이다. 그러나 그럼에도 불구하고 그림 1을 보건대—수염이나 옷자락의 모양새를 볼 때—전철의 막차는 굴원을 스쳐지나간 것이다. 나를 스쳐지나간 것이다. 나는 돌아갈 집이 없어 담배나 피우고 있는 것이다. (그림 2 참조)

〈그림 2〉 담배나 피우고 있는 필자.

나는 지금 어떤 시집을 보고 있다. 아니 정확히 말하자면 그 시집의 시 한 편을 보고 있다. 자꾸만 내 기억의 뒤편으로 노을이 지고 있다. 소리 없이, 한 점 꽃잎이, 꽃잎으로 피어나고 있다. 나는 눈을 감아도 자꾸만 아름다운 풍경을 보고 있는 것이다. 아, 나는 이제 사당으로 가고 있는 것이다. 이 깊고 어두운 터널의 상복을 입고 사당으로 가고 있는 것이다. 내 망막에서 낡은 풍경(風磬) 하나 울고 있는 것이다. 울다가 멈추기도 하면서, 또다시 나는 문득 여섯 살의 노을*인 것이다.

* 문득 나는 여섯 살의 저녁이다: 진이정, 「어느 해거름」 중에서.

나무들

호수 깊은 곳으로 검은 돌 하나 가라앉고 있네
나비들은 허공의 물결인 양 돛단배의 길을 열고 있네

그 사이로 흐르는 지상의 음악소리,

내가 촛불을 들고 오래도록 바라보는 유일한 꿈
천 개의 촛불이 애태우며 꿈꾸는 유일한 나

나무들,

레이지 버드에서

—제해*에게

불멸이 나를 녹슬게 한다

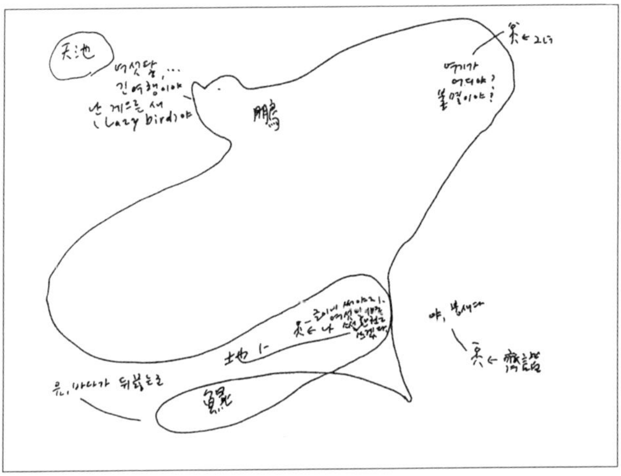

* 제해: 북극 바다에 고기가 있어서 이름을 곤이라 하는데 그 키는 몇천 리인지 헤아릴 수 없다. 그런데 이 고기가 탈바꿈하여 새가 되는 수가 있는바 그 이름을 붕이라 하며 붕의 크기 또한 몇천 리나 되는지 아무도 짐작하는 이가 없다. 이 붕새가 한번 마음먹고 날 것 같으면 그 날개 벌린 모습은 마치 하늘에 드리운 구름과도 같다. 이 새는 바다가 뒤끓고 큰바람이 부는 것을 보면 바다로 옮아가려 든다. 남극 바다란 흔히 말하는 천지다. 제해라는 사람이 있다. 그가 신기한 이야기를 많이 알고 있는데 그가 이렇게 하는 말을 들었다. "붕새가 남극 바다로 옮아갈 때에는 날개를 벌려 삼천리나 되는 수면을 치고, 거기서 일어나는 엄청난 선풍을 타고 날개를 흔들면서 구만리 상공에 올라간다. 그리하여 여섯 달이나 걸려서야 남녘 바다에 이르러 쉬게 된다"고. —『장자』, 「소요유」 중에서.

거울 속에 빠진 양조위*

푸른 거울 속에 양조위를 빠뜨린다 계략처럼 밤이 깊어가고 나는 라디오나 듣고 싶다 펜으로 심장의 현을 구슬프게 뜯던 한 시절이 바람 따라 흘러가고 나는 자꾸만 라디오나 틀고 싶다 계략처럼 밤은 그렇게 또 자기 나름대로 깊어가지만 나는 밤마다, 밤보다 내가 더 깊다 푸른 거울 속에 양조위를 빠뜨린다 양조위는 홍콩의 영화배우다 아니다 양조위는 양조장집 지붕 위의 한 사나이를 떠올리게 한다 밤이 깊다 아니 밤보다 더 깊은 것들이 있다 푸른 거울 속에 양조위를 빠뜨린다 계략처럼 밤이 깊어가고 나는 자꾸만 라디오나 듣고 싶다

* 거울 속에 빠진 양조위: 나는 위의 콜라주 「거울 속에 빠진 양조위」를 보면서 거기에서 떠오르는 이미지로 몇 편의 시를 썼다. 원래 내가 가지고 있는 콜라주는 컬러이므로, 여기에 소개된 흑백 사진이 무슨 느낌을 불러일으킬지는 나도 모른다. 덧붙이자면, 요즘 내가 가장 혐오하는 시들은 시 속에 사진을 끼워넣거나 영화 이야기 나부랭이를 시 속에 삽입하는 그런 시들이다. 나는 그런 혐오로부터 나를 끝장내기 위해 몇 편의 시들을 썼다. 나는 근본적으로 천박한 것들을 사랑하는지도 모른다. 그러나 모든 사랑에는 한계가 있다. 그리고 그 사랑이 한계에 다다른 지점에서부터 천박함은 말 그대로 천박함일 뿐이다. 이제부터라도 글이 되지 않을 때는 차라리 라디오나 틀어야겠다. 라디오 속에는 음악이라도 있으니까. 그런데 위에 나오는 콜라주는 옛날 축음기에 달린 소리통 같지 않아요?

양조위*

—Turn on the eyes

새벽 세시에 나는 잠이 오지 않는다 〈아비정전〉**과 〈유망의생〉 두 편의 영화를 보고도 밤하늘은 여전히 밝다. 비에 젖은 오동나무의 그림자 사이로 달빛은 아직 도착하지 않았다 누군가, 생에 젖어 있을 누군가처럼 나도 오래간만에 담배를 피워 문다 어둠 속을 달려가는 백색의 자동차들, 아직 잠들지 않은 자들이 저 어둠 속 어딘가에 있다

누군가를 사랑한 적이 있었다 그런 날들 뒤엔 언제나 내가 아파왔다 그 아픔으로 살아간 적이 있었다 그런 아픔 뒤에선 언제나 검은 태양이 떴다

그리고 노래 부르려 하지 않는 가수를 턴테이블 위에 건다 새벽 세시 목숨을 걸고 누워도 나는 잠이 오지 않는다

—〈아비정전〉, 양조위에 의한 변주

야자수 정글 사이로 기차가 지나가고 안개는 처음부터 깔려 있었어, 녹색 안개 속을 뚫고 전생이 흘러가는 그러한 시간의 풍경을 나는 보았어, 네가 나에게로 오는 소리 내가 너에게로 오래도록 가고 있는 소리, 처음부터 눈만 감으면 들을 수 있었던 거야, 모두 다 짐작하고 있었던 거야, 이제 외투를 걸치고 거울을 보고 문밖으로 걸어나

가면 널 만날 수 있는 거야, 이제부터 단 하나뿐인 마지막 시작인 거야, 문밖의, 저 화면 밖의, 생에서의

—오동나무에 의한 변주
내 방 옆에는 아주 오래된
오동나무 한 그루 있는데
바람이 불 때마다 그녀는 오동나무 잎사귀
비가 올 때마다 그녀는 오동나무 잎사귀
아래로 가서 숨네
음악 소리를 내네
숨어서 내는 그녀의 음악 소리를 다 알고 있다는 듯
오동나무 지그시 눈을 감고 있네
그런 오동나무의 검은 눈 속이
나는 너무 좋아

—양조위, 〈동사서독〉***에 의한 변주
복사꽃 여인이여,
나 눈멀어 다시는 고향에
돌아가지 못하네
꿈속에서나 그댈 보네
눈감고 그대를 바라보고 있네

* 양조위: 홍콩의 영화배우.

** 아비정전: 왕가위 감독의 영화, 1990년 작품.

*** 동사서독: 왕가위 감독의 영화, 1994년 작품.

〈동사서독〉에 의한 변주

—사막의 여관,

찬바람이 태양을 몰고 가네, 바위보다 더 깊은 시간들이 오동나무 잎 속에 있네, 나 이제 웃지 않고 말하지 않으려네, 시간이 없네, 사소한 추억 속의 그대들은 길 건너편에서 밤마다 이빨을 닦고 있네, 시간이 없네, 가야 할 길의 눈 끝에 걸려 있는 수평선, 어둡네, 나 어둠이 밀고 가는 검은 돛단배, 시간이 없네, 그대들을 사랑했던 시간들이 나를 어둠 속으로 보냈으니 내 혓바닥 속에서는 사막의 바람이 소용돌이치고 있네, 찬바람이 태양을 몰고 그대 그림자 너머로 가고 있네, 그대여, 나의 낮은 그대의 밤보다도 어둡네, 5842개의 밤과 5843개의 낮을 보내고, 지금은 내 눈동자의 검은 태양이 유리창에 뜨는 5843번째의 밤

—무사들,

오동나무에 달이 뜨는 밤이면 나는 무사들을 본다

그들은 음악처럼 섬세하므로 나뭇잎 몇, 목이 베인다

때로 이렇게 잠들지 못하는 밤이면 칼날보다 사랑이 더 무섭다

칼날에 베인 자국은 상처를 남기지만 사랑에 베인 자국에서는 밤마다 달이 뜬다

눈을 뜨고 바라보는 세상의 풍경에서 풍경 소리 들려온다

그 풍경 소리, 눈을 감고 바라보는 세상의 저편에까지

간다

그 소리의 끝에 무사히 도착한 바람이 고요히 복사꽃을 피운다

오동나무에 달이 뜨는 밤이면 나는, 날아다니는 무사들을 본다

—난,

화분의 난들이 죽어갔다, 화분의 흙은 어느새 사막이었다. 파리로 유학을 갔던 후배가 돌아오던 어느 날 밤, 우리는 단골 카페에서 술을 마셨다. 화분의 난들이 죽어갔다. 머리를 기른 후배가 프랑스의 이발값에 대하여 이야기했지만, 화분의 난들이 죽어갔다. 그도 〈동사서독〉을 보았다고 했다. 나는 〈동사서독〉에 나오는 한 여자만을 보았다고 했다. 그 여자는 누군가를 연상시킨다고 했다. 화분의 난들이 죽어갔다. 후배는 그곳에서 넉 달간 하숙을 했다고 했다(나는 사막의 여관을 떠올렸다). 그는 다시 프랑스로 돌아가고 싶다고 했다(나는 무사들을 떠올렸다). 우리들은 이런저런 이야기를 했다(나는 도화림을 떠올렸다). 누군가 10월에 군대에 간다고 했다(나는 술잔을 권했다). 긴 여행 잘 다녀오라고 했다(나는 맹무살수의 비장한 최후를 떠올렸다). 누군가 소주를 마시자고 했다(사람들이 소주 쪽으로 몰려갔다). 누군가 나에게 소주를 권했다(나는 좀 어지럽다고 말했다). 포장마차는 다리 위에 있었다(난, 흐르는 강물 위에 날 방뇨했다). 이제 집으로

가자고 했다(난, 죽음 뒤편으로는 어떤 구름들이 흐를까 생각했다). 화분의 난들이 죽어갔다, 내 가슴은 어느새 사막이었다. 모두들 어디로 흩어진 걸까, 화분의 난들이 죽어갔다. 누군가 가을이 올 것 같다고 말했다(난, 가을이 올 때까지 살 수 있을까). 나는 눈이 멀어가는 무사다(어두워지기 전에 오렴, 가을아). 그런데 도대체 기타는 어디에다 두었을까?

—술을 마시면 몸을 데워주지만 물은 봄을 식혀줘!

—그런데 도대체 기타는 어디에다 두었을까,

또 잠이 오지 않아서 나는 거실로 나와 커튼처럼 드리워진 달빛을 본다

저 달빛은 흐르는 물과도 같아서, 나는 달빛에 머리를 감으며 물빛 추억에 잠긴다

또다시 목이 말라 나는 커피포트에 물을 부으며 출렁이는 물빛을 바라본다

어느 항구에서 나는 손수건 흔드는 사람을 홀로 두고 떠나왔는가

그대여, 별빛을 손수건처럼 흔들고 서 있는 창밖의 한 그루 나무여

나는 아직도 너의 이름을 모른다

또 잠이 오지 않아서 바람은 내 방의 자질구레한 꿈들을 흔들고,

가수는 떨리는 목소리로 밤새 노래를 불러야 한다
어디서부터 또 잠을 시작해야 되는 걸까
어디까지 또 꿈을 가지고 가야 되는 걸까
그런데 도대체 내 기타는 누가 가져간 걸까
또다시 잠이 오지 않아서 나는 자꾸만 읽었던 시간의
앞쪽을 뒤적거리고 있다

外一篇

처음부터 나는 아무것도 꿈꾸지 않았었던가 나날이 내 심장에서 뿜어져 솟구쳐오르는 분수의 핏줄기들, 나는 가슴이 너무 아프고 아득하여 어지러운 눈을 들어 노란 눈 끝에 걸리는 지평선을 바라보네 처음부터 나는 아무것도 사랑하지 않았었던가 날이 갈수록 나의 뇌 속에서 무성하게 자라나는 잡초들, 벌초할 힘도 없는 손끝이 허공에 낮달을 그으며 허우적거리네 처음부터, 진실로 처음부터 나는 존재하지 않았었던가 많은 사람이 나를 지나갔지만 나는 아무도 기억하지 못하네 무수히 많은 노래를 들었지만 나의 귀는 어떤 노래도 귀담아듣지 못했네 나의 입은 어떠한 노래도 따라하지 못하네 처음부터 나는 이미 내가 아니었던가 이 세상의 어떠한 만남도 나를 바꾸어놓지는 못했네 이 세상의 어떠한 피도 나의 혈관을 따라 흐르지는 못했네 그렇다면 처음부터 나는 죽어 있었던 것인가 그것은 아니라네 적어도 나는 내가 살아 있었다는 걸 느끼네 처음부터 아무것도 꿈꾸지 않았을지라도 적어도 나는 살아 있었네 처음부터 아무것도 사랑하지 않았을지라도, 처음부터 존재하지 않았을지라도 그리고 처음부터 이미 내가 아니었을지라도 나는 조용히 숨쉬며 살아 있었네 그래서 지금 이 글을 쓰고 있는 것이라네 이것만이 내가 지금 살아 있음의 유일한 증거이기도 한 것이네 그리고 '오동나무 잎사귀의 드러머인 저 빗방울들 좀 봐'라고도 쓸 수 있는 것이라네

위시카강의 진흙 강둑으로부터*

위시카강**의 진흙 강둑으로부터 들려오는 소리 들어봐요
나는 열반의 소리 들어요 눈을 감고 오랜 고통의 아름다운 소리 들어요
모든 사람들이 구름처럼 흘러가고 있어요 바람에 떠밀려
모든 사람들이 싱거운 웃음처럼 흩어지고 있어요 너무 가볍게
위시카강의 진흙 강둑으로부터 들려오는 노랫소리 들어봐요
물고기들이 잠에서 깨어 갈댓잎을 스치며 지나가는 소리
나는 열반의 소리를 들어요 눈을 감으면 이곳이 열반이에요
사랑하는 사람의 고통조차도 나는 함부로 버릴 수가 없어요
사랑하는 사람의 사소한 말조차도 내겐 유언처럼 소중한 것이죠
모든 사람들이 술을 마시러 몰려가고 있어요 가벼운 구름처럼
모든 것들이 너무 쉽게 발효되고 있어요 병 속의 알코올처럼
위시카강의 진흙 강둑으로부터 들려오는 숨가쁜 소리 들어봐요

가장 질퍽하게 무너지고 으깨어진 이 세상의 강둑에서
풀꽃들이 자라요 숨가쁘게 자신들의 온몸으로 삶을 증명해요
나는 살아가는 것들의 열반의 소리 들어요
눈을 감고 오랜 고통의 아름다운 소리 들어요
위시카강의 진흙 강둑으로부터 들려오는 사랑하는 이의 목소리 들어봐요
눈물 반 알코올 반의 습기에 찬 목소리지만 그게 열반이에요
슬픔의 힘이 우리가 사는 이곳을 열반으로 만들어요

그게 바로 열반이에요, 위시카강의 진흙 강둑 위를 스쳐가는
그게 바로 열반이에요, 위시카강의 진흙 강둑 위를 스쳐가는

* 'From the Muddy Banks of the Wishkah': 록 그룹 너바나(Nirvana)의 라이브 앨범 제목.
** Wishkah: 시애틀을 관통하는 강의 이름.

누군가 떠나자 음악소리가 들렸다

1. 실(失)

그가 기타를 치자, 나무는 조용히 울음을 토해냈네. 상처처럼 달려 있던 잎사귀들을 모두 버린 뒤라 그 울음 속에 공허한 메아리가 없지는 않았으나, 공복의 쓰라린 위장을 움켜쥔 낮달의 창백한 미소가 또한 없지는 않았으나, 결코 어디로도 돌아갈 수 없는, 출가한 수도승의 머리 위에서 아무렇게나 빛나는 몇 점의 별빛처럼 그런대로 빛나는 음률을 갖추고는 있었네. 비가 내리고 있었는데, 사랑이 아파서 그렇게 울고 있었는가, 텅 빈 귓속의 복도를 따라 누군가가 내처 그에게 다가가고 있었는데, 아무런 생각도 없이, 느낌도 없이, 슬픔도 없이, 처음부터 그 울음소리는 자신이 울음인 줄도 모르면서 음악을 닮아 있었네. 누군가의 손끝에 걸려 있는 노래가 자신인 줄도 모르면서 아픈 상처의 살점들을 음표로 툭툭 떨구어내고 있었네. 빗방울에 부딪혀 기타 소리는 멀리 가지 못하지만, 자꾸만 아래로 흘러가지만, 그 소리의 향기는 빗방울을 뚫고 보이지 않는 영혼의 저음부를 조용히 연주하고 있네.

2. 음(音)

누군가 떠나자, 음악소리가 들렸네. 처음에는 그것이 떠나는 자의 발자국 소리인 줄 알았으나, 발자국 위로 사각거리며 떨어지는 흰 눈의 부드러운 속삭임인 줄 알았으나, 햇빛 한 점, 바람 한 조각 남겨두지 않고 떠난 자의,

후경 속으로 밀려오는 것은, 경련하는 눈썹의 해변으로 밀려오는 것은, 거대한 환의 물결이었네. 비록 남아 있는 것은 아무것도 없었지만, 떠난 것들의 기다란 그림자가 서로 부딪치며 어두워져갈 때, 어둠의 중심으로부터 피어오르는 빛의 흔적들, 빛의 화음들. 보이지 않는 상처의 흔적들이 여적 남아서 추억의 힘으로 허공을 맴돌고 있었네. 허공에 입김을 불어, 몇 개의 전구를 환하게 밝히고 보이지 않는 곳에서 아름다운 소리를 빚어내고 있었네. 아픈 것들만이, 뜨거운 것들만이 남아서 서로에게 스며들어 갈비뼈가 되고, 또 더러는 갈비뼈 속의 바다로 흘러가 덩그마니, 눈동자의 섬으로 돋아나고 있었네. 바람도 없는 깃발의 노래, 깃발도 없는 추억의 노래를 부르고 있었네. 그 노래는 아름답지만, 그 노래의 끝에서 피어나는 새들은 눈부시지만, 누군가 다시 노래를 부르자, 새들은 조용히 소리를 물고 어디론가 날아오르고 있네.

어떤 죽음에 관한 기록

—불한당들의 세계사 3

—너의 노래,

깊은 밤에 홀로 깨어, 나는 너의 노래를 부른다. 달이 황금의 활처럼 휘어진 밤에도, 달빛이 화살처럼 쏟아지는 시간에도 나는 너의 노래를 부른다. 호랑이 한 마리가 나뭇잎 사이를 스쳐지나가며 숲속에서 온몸으로 자신의 생을 연주할 때, 이미 너는 단풍잎 속에 있었고 호랑이 한 마리가 자신의 생을 완전히 빠져나갈 때도 너는 이미 그 연주의 끝에 있었다. 풀잎의 끝에서 번져나간 음악이 안개처럼 자욱이 땅 위에 내려 깔리는 시간에도, 아직 들려오는 노랫가락도 없고 숨가쁜 것들만이 그 가쁜 숨결로 노래의 불씨를 피워올릴 때도 나는 여전히 습관처럼 너의 노래를 부른다. 나의 습관이 네가 만든 추억의 빵을 눈물에 적셔 먹듯, 너의 노래는 비어 있는 어둠 속을 불꽃의 광맥으로 채운다.

—나의 친구들,

숲을 지나온 짐승들의 눈빛에 아직 가시처럼 박혀 있는 별빛들을 나는 보았네. 그 별빛 쏟아지는 바닷가에서 여전히 바람을 막으며 방풍림들은 갑옷처럼 자라고, 그 갑옷의 틈어진 겨드랑이 사이로 가끔씩 고기잡이배들이 작은 멸치처럼 드나드는 것을, 숲을 지나온 짐승들의 눈빛에서 나는 보았네. 내가 눈꺼풀의 창문을 열고 눈동자를 닦을 때마다 밀려오던 몇 겹의 바다, 몇 겹의 어둠. 창문을 열 때마다 저편의 세상엔 내가 감당할 수 없는 것들만이 출렁거리고 있었네. 그럴 때마다 나는 바다를 지워버리고 오동나무의 둥근 잎사귀들을 그려넣었지만, 그 큰 오동나무 잎사귀들조차도, 바람이 불 때마다 흔들리는 꿈꾸는 눈동자들의 괴로움, 바람이 불어와서 흔들리는 꿈꾸는 눈동자들의 괴로움을 덮어주지는 못했네. 망각의 숲을 지나왔어도 여전히 짐승들의 눈동자 속에 박혀 있던 겨울나무의 잎들이 이제 또다른 바람을 불러 꽁꽁 얼어붙은 겨울 강을 지나가고 있지만, 눈동자의 빙판에 꽂혀 있던 녹슨 추억을 데불고 피안으로 가고 있지만,

—왜 나뭇잎들은 여태 떨어지지 않는 걸까

—왜 나뭇잎들은 여태 떨어지지 않는 걸까
나는 집에 돌아와서 일상처럼 홀로 있다
집은 비어 있고 갑자기 전화벨이 울린다
이제 누군가 문을 거칠게 노크할 것이다
빨리 문을 열라고 밖에서 소리칠 것이다
야, 뭘 좀 먹자는 취한 목소리가 들릴 것이다
나의 친구들은 늘 이 세상을 행진하고 있다
나의 친구들은 맥줏집 앞에서만 걸음을 멈춘다

비어 있던 내 집은 이제 사람들로 가득찼다
벌써 여러 차례 친구들은 내 집에서 술을 마셨다
누군가는 화장실을 오래 차지하고 있기도 하고

누군가는 유리창을 깨기도 했다
나는 그런 일에 익숙해 있다
나의 친구들은 늘 이 세상을 행진하고 있다
나의 친구들은 맥줏집 앞에서만 걸음을 멈춘다

나는 웃고 있으나 항상 우스운 것은 아니다
이렇게 살면 안 된다고 충고하면 나는 화를 낸다
왜 이렇게 살면 안 된단 말인가
나는 살아 있지 않은가
이 항의에 누가 대답할 수 있는가
나의 친구들은 늘 이 세상을 행진하고 있다
나의 친구들은 맥줏집 앞에서만 걸음을 멈춘다*

—어떤 삶, 어떤 축제에 대한 희미한 기억
—왜 이렇게 살면 안 된단 말인가!
나는 살아 있지 않은가!

—後後後, 왜 이렇게 살면 안 된단 말인가

이방인들의 도시에서 맥주를 마신다. 마시는 것은 내가 마시지만 음악은 그대가 틀 것으로 안다, 왜냐하면 내가 아는 지상의 노래는 아직 없기 때문이다. 5천cc의 맥주가 내 목구멍의 협로를 따라 물밀듯 밀려오지만 취하는 것은 그대의 몫이다. 왜냐하면 나에게는 취할 영혼이 없기 때문이다. 그리고 우리가 함께 나눌 육체의 한숨들도 그대의 몫이다, 나는 공중에서 빛나는 음악, 전나무 가지 사이를 울리며 지나가는 보이지 않는 한 소절 노래이기 때문이다. 그대 눈동자 속에 반영된 모래의 사막, 그대 눈썹의 해변에서 잠든 한 척의 바다, 그대 눈동자의 문이 열릴 때만 빛나는 아침의 햇살들, 그런 기타 등등의 이름으로 나는 살아 있기 때문이다. 기타는 내가 치지만 둥둥거리며 울려야 하는 것은, 울려서 삭막한 이 세상에 아름다운 노래로 번져나가야 하는 것은 그대의 몫이다, 나는 항아리 속의 침묵이며 그 침묵 속의 또다른 항아리며 그 항아리 속의 또다른 꿈속에서만 겨우 살아 있기 때문이다. 내가 기타를 치마, 그대 노래하게.

—내가 기타 칠텐, 그대 노래해주
—後, 後, 後, 내가 당당 기타 칠텐, 그댄 갈갈 노래해주

* 작은 고딕체 부분: 빅토르 최의 노래 〈나의 친구들〉.

물질적 황홀 2
—그 눈동자

1

이자벨 라캉

용의 입맞춤

ㅁ이자벨 라캉은 1954년 파리에서 태어났다. 르노도상 수상 작가인 아버지 막스 올리비에 라캉과 한국인 어머니 현병유 여사 사이에서 태어난 그녀는 런던대학에서 중국어, 파리 제3대학에서 한국어 공부를 하면서 글쓰기를 시작했다.

프랑스 문단에 신선한 충격을 던진 한국인 2세 작가 이자벨 라캉의 데뷔작 『용의 입맞춤』은 거침없는 성 묘사, 뛰어난 유머, 극적인 사건 전개로 권위 있는 문학평론가들로부터 눈부신 주목을 받았다.

10세기 중국 남부를 배경으로 성주의 딸이 의적과의 사랑을 통해 유교 전통 사회의 룰을 깨고 새로운 여성의 가치관에 눈뜨는 과정을 그린 이 소설은 황실의 부패와 도적떼의 창궐로 혼란했던 시대의 성 풍속도와 인간 군상들의 다양한 삶의 모습을 생생하게 보여주고 있다.

2

그는 서점에 들러 이자벨 라캉의 책을 한 권 산다
『용의 입맞춤』이라는 그 책의 표지에는 용의 입술 자국이
남아 있지 않다 그는 버스를 타고 그의 집으로 돌아와

책의 날갯죽지에 인쇄된 이자벨 라캉의 그 눈동자를
본다
그녀의 눈은 깊고, 창밖에는 ××적인 눈이 내린다
그는 오래도록 물질적 황홀에 사로잡혀왔다
그건 르 클레지오의 산문이 아니다 단지 그는
물질적 황홀에 관하여 마치 ××처럼 끌려왔다
오래도록, 그러나 사실 그러한 사실들은 중요한 것이
아니다 그는 오래도록 무수한 물질적 눈동자에게 시
달려
왔다 그는 물질적이라는 말의 견고한 추상성에 갇혀
너무 오래도록 식욕을 잃었다 사실 그를 키운 건
8할이 침묵이었다 그에게는 별로 친하지 않은 죽음이
그의 방문을 두드리며 그를 방문한다면, 그건
순전히 물질적이라는 말을 그가 그때까지 이해하지
못했기
때문이다 시간은 염통처럼 썩어간다
장미가 개들처럼 피어나듯
새들은 통과해간다 물질적 황홀 속을 새들처럼
당당하게 누군가가 미쳐간다 소리도 없이 마치
자신이 ××라도 되는 양

물질적 황홀 4

—어두운 상점들의 거리, K에게

외로움이 우리에게서 그를 앗아갔다, 모든 것에는
그럴듯한 설명이 필요하겠지만 겨울이면 추위에 떨던
새들이 그 누군가의 무성한 머릿결 속으로 숨어들듯
숨어들듯 그는 아무런 말도 없이 사라져갔다, 음악이
없었는데 바다가 가까운 곳에서는 파도가 짐승처럼 울부짖고
음악이 없었는데, 염소들은 산에서 내려왔다, 음악이
없었는데, 텅 빈 방의 책들은 모두 방을 빠져나와
저녁의 동시 상영관으로 향하고 음악이 있었는데
중국집에서 검은 짜장면을 먹는 동안 외로움이 우리에게서 그를
앗아갔다, 외로움이 우리에게서 눈물 같은 옛사랑을
앗아갔다, 외로움이 끝없이 펼쳐진 염전에서
수차를 돌리고 있었다 여인을 돌리고 있었다
빛을 향해, 몰락한 누군가가 황홀하게
떨어지고 있었다

광란의 사랑 그 너머

난초 너머에 관목들 그 너머에 구름들 사이에
누워 있었네 술을 마시면 너무 일찍 저무는 한 세기
그녀의 몸을 건너가면 스스로 저물어가는 어둠들
타오른다 말할 수 있으리 가장 작은 것들이 아무 걱정도 없이
육체도 없이 노래를 부르며 스스로 노래를 만드는 곳
난초 너머에 관목들 그 너머에 숨죽인 구름들 사이에
내가 아닌 것처럼 누워 있었네 사랑을 했었던가
지상에서는 너무 멀리 떨어진 곳에서의 사랑, 난초 너머에
난초 시드는 밤 부르지 않아도 몰려오는 구름들 그 갈증들
헐떡이며 음악처럼 오오 음악처럼 사랑을 했었던가
떨면서 하늘의 천막 아래서 관목 식물처럼 낮은 포복의
사랑, 구름이 머리 위를 지나갔던가
오오 밀려오고 밀려가는 시간들이 한때 우리를
오오 우리의 사랑 위를 지나갔던가
난초 너머에 난초 시드는 밤
이름을 버리고 구름들 사이에 누워 있었네
바람이 우리의 귓가를 스쳐갔던가
기억은 또 얼마나 떨며 홀로 펄럭이고 있었던가
굵은 빗방울 더욱 굵어져 그녀의 속옷을 적시고
너무 어두워 아무것도 보이지 않던 그 시간에
난초 너머 관목 그 너머 구름들 그 너머에 또 구름들

나는 자꾸 알 수 없는 곳으로 흘러가고 밀려가고

물질적 황홀 6

—봄날은 간다

비가 왔어, 저 너머에서, 숨이 찬 듯
나뭇잎들의 폐활량 그 갸륵한 숨결을 적시며
비가 왔어, 저마다 살아 있는 것들의 몸짓이
꿈틀거리며 빗물에 젖어들고 있었어, 생각해봐
따스한 중심을 향하여 더욱 낮아지는 빗방울들의
패거리, 끼리끼리 욕지거리하며 몸을 섞는
광활한 바다에서의 사랑

월요일이 죽고, 화요일이 죽고 그리고
비가 내린 다음 수요일이 죽어갔다 나는 그리운
햇볕 한 조각 만나지 못하고 주말까지 계속해서 죽어갔다
세상의 물빛 머금은 모든 것들은 경건한 자세로
꽃을 피울 태세였지만 꽃의 어깨를 건드려주는 사람이
아무도 없었다 월요일이 죽고, 화요일이 죽고
그리고 주말까지 계속해서 비가 내려 습기 찬 들판이거나 어두운
영화관에서 팔짱을 낀 채 들꽃이 죽고 들꽃의 시선이 죽고
자막처럼 빠르게, 자동차들은 거리를, 물방울들을
튕기며 사라져갔다
일주일간의 죽음 끝에 햇살은 만장처럼 나부낀다
눈에 보이지 않는 것들만이 죽음을 피해갔다, 음습한
관에서 부활하듯 나는 외출한다, 가로수들이 읽고 있

는 거리
거리는 간판들의 무표정과 행인들의 그림자를 안고
도시의 페이지 속에 서표처럼 꽂혀 있다, 피가 마르는
것 같다
봄볕에 불탄다, 유곽과 성당을 지나온 나의 긴 그림자
나는 읽히지 않는 한 권의 책과 싸우듯
그렇게 걸으며, 이 거리가 나에게 전해주는 불임의 메
시지를
피가 마르듯 그렇게 외로운 가슴의 강들을 스쳐지나며
씨팔, 모든 강들 흘러가 아우성치며 만날
바다를 생각하였다 죽음보다도 깊을
바다의 사랑을 생각하였다

물질적 황홀 8
—그 영원한, 세월의 죽음

대부분의 사람들이 저녁에 죽어갔다 술을 마시고
아침이면 영원히 깨어나지 않았다 흙과 나무들은
여전히 입을 맞춘 채 아무런 언질도 없이
태양의 둘레를 빙빙 돌고 술을 마시지 않은 사람들도
그 어지러움으로부터 헤어나지 못했다
지구의 반대편으로 날아간 새들만이 가끔씩 이 세상 밖
아름다운 이야기를 물어오기도 했지만 대부분의 사람들이
어둠을 틈타 술을 마시고 저녁에 죽어갔다

그리고 나는 담배를 피우며 음악을 들었다 연애를 하기도
했지만 연애는 다만 연애였을 뿐 상처를 주지도 상처를
입지도 않았다 연애는 그저 아무리 생각해도 연애였을 뿐
내 가슴으로부터 한번 떠나간 애인은 영원히 복구되지
않았다 가끔 염소들이 울고 이 세상의 데시벨이 약간 올라가고
부서진 건물들이 다시 개축되고 몇 점의 구름이 흘러갔을 뿐
기침처럼 다만 흘러갔을 뿐

물질적 황홀 12

—둥근 하늘 아래에서의 생

남들이 모두(일부분이) 물질적 황홀에 빠져 있을 때
나는 항상(가끔씩) 물질적 황홀을 노래했다
눈을 뜨면 빛나는 것은 물질들의 예각 혹은 둥근
천장의 하늘, 바람의 광장에서 참을 수 없이 가벼운
존재들은 새들처럼 재빠르게 황홀 속을 통과해
갔다, 나는(우리는) 담배를 피우거나
담배를 피우는 여자(남자)를 끊임없이 피워올렸지만
비가 오는 날이면 비에 젖은 자지(보지) 끝에서
보지(자지)들이 팽이처럼 돌고 있었네 (그는 늘
우산대 끝으로 돌렸지) 나도 돌았던가 돌고,
돌고, 도는 이 가혹한(물질적인) 지구에서
나는 아침밥을 먹고 토하고(어지러워) 또 술을 마셨네
가끔씩(늘) 악마가(천사가) 내 곁에 있었다(있었나)

혼미한 기억이란 부서진 하늘의 살결이다, 눈발
맨발의 눈들이 달려가고 있는 시린 풍경의 끝
검은 새 몇 마리 조깅하고 있는(있었는가)
희미한 기억의 끝 다 부서진
집들이 다시 일어서고 있다

사막

—촛불의 감옥

어둠만이 나의 친구였던 시절
희망은 다만 스위치를 올릴 때 반짝이는
전구 같은 것이어서 딱딱한 어둠 속에서
나는 삶의 점자법을 익히고 있었지요
검은 어둠이 석탄 더미처럼 굳어져갈 때
부둣가로부터 비린내 나는 슬픔이 밀려오고
쓰레기통을 뒤지는 도둑고양이처럼 나는
다 부서진 추억의 폐품을 핥고 있답니다
그러나 걱정하지 마세요 본래 나의 태생이란
한없이 천박한 것이어서 그 어떤 곤혹함도
나의 머리통을 하수구에 처박진 못할 테니까요
비열함이 가슴속에 굳은살로 박혀 있으니까요
내가 가장 두려워하는 것은
너무나 밝은 삶이랍니다 지상의
조명등 아래에서는 쉽사리
영혼의 뜨거운 혈관을 보여주기가 힘들기 때문이지요
사막입니다, 공장의 굴뚝을 빠져나가는 한숨들과
폐수의 가슴속으로 흐르는 죽은 물고기들의
사막입니다, 빛나는 것은 차라리
어둠보다도 더 깜깜한 갈증입니다

창밖에는
작은 새들이 지구를 물고
또 내 방 창가로 날아옵니다

촛불의 감옥, 천 개의 촛불이 가둔
천 개의 촛불의 감옥
촛불을 끄세요

자동차 안에서*

—불한당들의 세계사 5

우리는 아무 말 없이
낡은 자동차 안에 쪼그리고 앉아
라디오 채널을 돌리며
남쪽으로 가는
도로를 찾아보았네.

몇몇은 고독을 이기지 못해 엽서를 써서
우리에게 최종 결정을 내리라고 요구했지.

몇몇은 산꼭대기에 앉아 있었어,
밤에도 태양을 보기 위해서였지.

하나의 인생이 결코
사적이 아님이 확실한 곳에서도
몇몇은 서로 사랑에 빠졌지.

몇몇은 어떤 혁명보다도
더 극단적인 각성을 꿈꾸었지.

몇몇은 세상을 뜬 영화배우들처럼 앉아서
이 세상에 살아남을
올바른 순간을 기다렸어.

몇몇은 자신들의 일을 위해서 죽지 못한 채

그냥 죽어갔어.

우리는 아무 말 없이
낡은 자동차 안에 쪼그리고 앉아
라디오 채널을 돌리며
남쪽으로 가는
도로를 찾아보았네.

* 자동차 안에서: 볼프 본드라체크의 시. 이 시를 읽고 읽노라면 나는 마음이 편해진다. 아름다운 노래를 듣듯이, 나는 자주 이 시를 내 두 눈으로 쓴다. 내 몸이 갈 수 없는 곳에도, 아름다운 노래는 여전히 간다. 가서는 또다른 노래가 되고, 노래가 되지 못한 것들은 별이 되거나 나뭇잎이 되어, 여전히 이 세상 풍경의 일부가 되어, 나를 흔들고 내 속의 또다른 노래를 흔든다.

나는 희망에 관해 말하려고 한다*

—불한당들의 세계사 6

나는 세사르 바예호로서 이 고통을 느끼지 않는다. 나는 이제 창조하는 인간으로서 괴로워하지 않으며, 한 인간으로서도, 심지어 살아 있는 존재로서 괴로워하는 것도 아니다. 나는 천주교 신자라 회교도로서 또는 무신론자로서 이 고통을 느끼지 않는다. 오늘 나는 그냥 아프다. 내 이름이 세사르 바예호가 아니더라도 나는 여전히 그걸 느낄 것이다. 내가 예술가가 아니어도, 역시 그걸 느낄 것이다. 한 인간이 아니더라도, 심지어 살아 있는 존재가 아니더라도, 나는 그걸 느낄 것이다. 내가 천주교 신자가 아니더라도, 무신론자가 아니고 회교도가 아니더라도 나는 여전히 그걸 느낄 것이다. 오늘 나는 저 깊은 데서부터 아프다. 오늘 나는 그냥 아프다.

내 아픔은 설명할 길이 없다. 내 아픔은 너무 깊어서 원인이 있은 적이 없고, 원인이 있을 필요도 없다. 그 원인이 무엇일 수 있었을까? 그다지도 중대한 나머지 그 원인이기를 그친 그런 것이 어디 있을까? 그 원인은 무이며, 무도 그 원인이 아닐 수 있다. 왜 이 아픔은 순전히 그 스스로 태어난 것일까? 내 고통은 북풍에서 오고 남풍에서도 온다, 어떤 희귀조가 바람을 배서 낳은 저 자웅동체의 알들처럼. 내 신부가 죽었다고 해도 내 고통은 여전할 것이다. 그들이 내 목을 베었다고 해도 내 고통은 여전하리라. 말을 바꿔서, 인생이 달랐다고 하더라도 내 고통은 똑같을 것이다. 오늘 나는 저 높은 데서부터 아프다. 오늘 나는 그냥 아프다.

나는 배고픈 사람의 고통을 본다, 그리고 그의 배고픔은 내 고통에서 아주 멀리 떨어진 데서 어슬렁거리는 나머지 만일 내가 죽을 때까지 단식을 한다고 하더라도, 적어도 풀잎 하나는 내 무덤에서 항상 솟아나리라는 걸 나는 안다. 그리고 저 사랑하는 사람과도 그렇다! 그의 피는 내 것에 비해 너무도 풍요한데, 내 피는 원천도 없으며 아무도 마시려고 하지 않는다.

나는 지금까지 줄곧 이 세상의 모든 것은 부모들이거나 자식들이어야 한다고 믿어왔다. 그러나 부모도 자식도 아닌 내 고통이 여기 있다. 그건 어두워지는 후면이 없고, 밝아지기에는 너무 강렬한 전면을 갖고 있으며, 만일 그들이 그걸 불 밝은 방에 넣는다면, 그건 무슨 그림자를 던지지도 않을 것이다. 오늘 나는 아프다, 무슨 일이 있든지 간에, 오늘 나는 그냥 아프다.

* 나는 희망에 관해 말하려고 한다: 세사르 바예호의 시. 나는 이 시의 제목에서 '희망'이라는 말이 너무나 좋다. 그런데 왜 내 시에는 '희망'이라는 단어가 한 번도 나오지 않는 것일까. 나도 이제는 희망에 관해 말하고 싶다. 하지만 오늘 나는 아프다, 그냥 아프다.

그 무엇이 속삭이고 있었다

다들 돌아가버린 한적한 오후의 도서관에서
내가 생애처럼 긴 담배를 피워 물 때
어디서 작은 새들이 날아와
처음 보는 이름으로 움직이고, 꽃들은
낡은 외투에 손을 꿰는 아이들의 손끝처럼
불쑥 피어오르고 있었다, 외상값
정리되지 않은 외상값에 대한 생각처럼
나는, 그 어떤, 나를 붙들고 놓아주지 않는
집요한 상념에 잠기어 있었는데, 비가 내려
내 생각의 한가운데로 비가 내려, 그 무엇이
속삭이고 있었다, 하늘 한구석에서
누군가 또 낚시질을 하고 있군, 글쎄
비 내리는 오후는 저녁처럼 어두워져가고 있었는데
갑자기 어두운 하늘에 검은 말 한 마리
지나가고 있었다, 저기, 저, 비에 젖은 별들은
진흙탕의 세월을 지나온 시간의 말발굽이야, 그 무엇이
속삭이고 있었다, 잔인한 추억이지 뭐
나는 담배를 끄고, 자리에서 일어나
그 나지막한 속삭임에게 들려주었다
다 잔인한 추억이지 뭐

틈 사이로 엿보다

그, 글쎄, 저기, 저, 찢,
어진 욕, 망의 틈, 사이, 로, 보, 여,
나, 난, 사, 사실 두, 려워, 그, 글쎄, 무, 무엇이, 나,
나로 하, 여금, 저 구, 멍을 드, 들여다보, 보게 하,
하는, 지, 어 어둡고도, 화, 황홀한, 저, 들의 화,
황금빛, 유 육체가, 날 눈, 멀게 해, 그, 글쎄, 보,
보란, 말야, 아, 아, 저, 저, 저기 저, 지금,
두, 두려움을 너, 넘어서, 숨, 헉, 숨가쁘, 게, 하,
질, 질주하고 있, 는 저 비, 비약의, 모, 몸짓, 들, 하,
나, 난, 사, 사실, 오, 저, 끄 끝없는, 모, 몰락과, 사, 헉,
상승의, 시, 간들이, 무 무섭도록 피, 필요해, 그, 글쎄,
지금, 저들은, 시, 시간을, 넘어, 시, 시, ……하,
시를 쓰, 쓰고 있는 거야 버, 벌어지며, 오, 오므, 리, 며,
꾸, 꿈틀, 대는, 헉, 주, 죽음의 아, 아가, 리를 너, 넘어가, 하,
넘어가, 고 있는 거, 야, 봐, 드, 들어봐, 꿈꾸는 누, 눈동자, 들의 비,
비명 소, 소리를, 드, 들어봐, 모, 모든 비, 비명 소, 속에는,
모, 모르핀보, 보다, 화 황홀한 펴, 평화가 있, 어,
사, 사실 난, 그, 그들의, 쾌, 쾌락보다, 펴,
평화를 사, 사랑해, 후, 다, 다, 담배 하, 한 대, 줘, 후, 펴,
평화를, 그, 글쎄, 저기, 저, 다, 다, 끝났군, 그 그래, 펴,
평화를, 그래, 불도 좀, 줘, 후후, 그래, 희망이란 우, 우

우리의 희, 희망이란, 아, 아주, 그래, 아주, 단, 단,
단순한 것, 일 수도, 있어, 고,
고요하게, 주 죽어가는, 거

너희는……
캄캄한 흑암으로 돌아갈 유리하는 별들이라

녹색 밤하늘에는 유채꽃 노란 별들이
웃고 있었다 나는 저문 들녘으로 걸어나가
소리 나지 않는 풀잎의 창을 열어주었다 고요히
누운 풀벌레들의 잠, 속으로
바람 한 점 없는 두꺼운 책들이
나뭇잎들을 떨구고 있었다 숲은
가장 아름다운 페이지를 펼쳐
나에게 보여주었다 그때
강물은 어디로 흘러가고 있었을까 구름의
낙타를 탄 회색빛 외투의 상인들이
밤하늘의 언덕을 넘어 흘러가고
언덕 너머 여인들이 사는 마을에서는 개들이 짖고
있었다 인간이 산다는 것은 소리 없이
고요하게 죽어가는 것 나는
알았다 손을 들어 별 하나를 꺾던 그때
나는 참으로 고요하게 죽을 수 있을 것만
같았다 그리고 별 하나가 떨어진
그 자리에서 전갈들이 기어나와
무덤으로 가는 나의 길
풀섶의 사랑을 지켜주고 있었다

4월의 나무 한 그루

잠들 수도 없고 잠들지 않을 수도 없는 아침에
나는 가까운 산으로 내려온 하늘의
푸른 맨발을 본다 그리고 처음 보는 아침의
가깝고도 먼 곳에 서 있는 한 그루 나무여
너는 지난밤 무거운 공기들의 외투를 벗고
눈부신 알몸으로 빛나고 있구나 정녕
아무런 걱정도 없이 너를 드러내보이는
이 순결한 아침의 햇살 속에서
4월의 투명한 대기는 참혹한 기쁨에 온몸을 떨고
나의 불면은 더이상 아무것도 노래할 수 없구나
그리고 내 오랜 그리움으로도 다다를 수 없는 곳에서
흙들의 사랑은 함부로 꽃들을 피워올리고 있다

보이는 곳의 사랑들은 모두 움직이고 있구나
태어난 자리에서 뿌리 깊은 사랑을 하는 온갖 나무들이여
저마다의 격렬한 희망을 표명하며 흘러가는 오 짐승이여 강물이여
너희들이 흘러가서는 마치 최초의 기쁨으로 스며드는
오, 그 알 수 없는 정밀한 욕망의 나무를 나에게
나에게만 가르쳐다오 나는 스무 해가 넘게 아무도 모르는
나 혼자만의 은밀한 나무를 꿈꾸어왔나니
그 나무에서는 먹어도 먹어도 배부르지 않는

꿀과 같은 열매가 열리고 잎사귀들의 미풍만으로도
나는 늘 달콤하고 아늑한 꿈길에 드나니 오, 4월의 나무여
너의 수액으로 가는 길을 나에게 나에게만 가르쳐다오

너에게로 가기 위하여
나는 날아가는 새들의 날개 끝에도 머무르지 않았고
구름의 사소한 슬픔으로도 머무르지 않았었느니
정녕 바람의 온갖 예언들은 알고 있었으리
내가 왜 스스로 가장 작은 지상의 벌레가 되어 땅속의
땅속의 지하수로 가는 동굴을 파고 있었는지

그의 유배지에서의 생활

그는 책 속에 묻혀 며칠을 보낸다
창문을 닫고 그는 책 속에서 바람이 불고
비가 내리고 하는 것을 본다 격렬한 증오에 사로잡혀
어떤 청년은 선술집에서 먼지 낀 유리창을 깨고 있었다
여인들은 잡지처럼 가볍게 살아가고 있었다
그는 책 속에 묻혀 며칠을 보낸다
세월은 창밖에 서 있는 사철나무다
바람이 불 때마다 세월은 몇 개의 잎사귀를 떨군다
우편배달부는 벨을 두 번 누를까 세 번 누를까
고민하지 않았고 (그의 집에는 초인종이 없었다)
그는 책 속에 묻혀 며칠을 보낸다
사립문의 고요 위에는 새소리가 앉아 있었고
그는 책 속의 거리를 걷고 있었는데
바다가 가까운 그 거리에서는 자꾸만 갯내음이 났다
뱃고동 소리가 들렸다, 거리를 따라 걷다보면
가로수 속에는 하나의 제재소가 있어
톱밥이 쌓이는 소리가 들렸고, 목조 계단이 끝나는 곳
톱밥 난로를 피우는 이층집이 보였다
창문은 창틀이 오밀조밀한 것이 좋았는데
그 밖에는 검고 푸른 밤바다가 펼쳐져야 했다
어둥이 주홍색 꽃망울을 터뜨리는 밤의 정원
망명 작가이기를 원했던 그의 젊은 날의 고독이
책의 어느 한 페이지에서 확인되면 그뿐이었다
상상으로 확인되어도 무방할 따름이었다

그는 책 속에 묻혀 며칠을 보낸다
그는 책 속의 거리를 걷고 있었는데, 눈을 들어
산을 보면 산행을 떠나는 사내들이 보였고, 바다를 보면
전복을 따는 여인네들의 물허벅이 보였다
그가 바라본 풍경이 그의 시선을 칠하며 운다
모든 울음 속에는 그 울음으로 가고 있는 윤회의 수레바퀴
자국이 보인다, 그는 보았다
책 밖에서 울고 있는 그를

이가흔*, 내 책상 위의 타락천사

중국인 마을에 먼지를 내며 차가 지나가고
오래된 복장 위로 웃음이 날아다니면
당신은 무협지의 촉산객처럼
불빛의 거리를 날렵하게 떠다니시나요
날렵하다는 것은 외로운 것이지요
아무리 빠른 검도 제 슬픔은 베히지 못해
중국산 항아리에서 이얼쌴쓰 술은 익어가고
젊은 중국 청년은 칼로 팔뚝을 긋지요
폭력적인 아름다움이에요
비열한 본성의 바람이지요
허벅지가 아름다운 포스터의 거리에 바람 부네요
시원한 사랑이에요
싱싱한 것은 모두 다 움직이지요
보기 좋아요 물 차고 비상하는 제비들
강이 저만큼 흐른다고
꽃도 저만큼 따라가 피는 건 아니잖아요
왠지 그런 생각이 드네요
차차 어두워지는 것은 죽음뿐이에요
어둠을 밝히던 성화도 아이스크림처럼
황홀하게 꺼져가네요
놀랍고도 서러워해야 할 일은 그곳에서
사라진다는 일이지요
부재의 슬픔뿐이지요
실성한 사람을 보고 있노라면 즐거워요

정신의 평화를 이룬 저 평화한 눈물
가볍게 흔들리는 존재의 깃발
빨랫줄에 걸린 저 작고 귀여운 분홍빛 추억
높고 낮은 울타리로 가슴을 가린 건물들
속에서 손끝의 풍경을 가늠하며
운명을 점치는 해박한 도박사들
이미지즘,
차라리 순수한 갱들이 나아요
노을 속에서의 굴욕적인 명상보다는
우수 어린 달빛 자르기
시멘트 숲에 갔었어요
무서워요
커튼을 쳐주세요
건달들이 오고 있어요
CM 광고처럼 재미있네요
전쟁 영화에서나 본 듯한 어두운 잿빛 하늘
삶의 한쪽,
중요한 부분을 잊지 마세요
두렵지 않아요
어차피 쓰고 난 후 쓰레기통에 던져지는
일회용 티슈 같은 그대와 나의 즐거웠던
추억의 피부,
별을 보고 싶을 때는
내 눈동자를 보아주세요

너무 많은 별을 나는 알고 있어요
별들의 주소를 묻지 마세요
아버지가 아프니까
자식이라도 건강해야지요
운동이라도 할까요
오늘의 식탁에는 영양분이 충분해요
건강하게 사세요
선생님은 고단백 저칼로리 식품을 좋아하시나보죠
알아요 물론 글쎄, 뭐랄까
상큼한 냄새가 좋아요
비누 냄새도 좋고
샴푸 냄새도 좋아요
술을 마셔요
술은 식도를 거쳐
진실로 통한다니까요
자 춤을 추어요
저를 위해
울지 말아요 아르헨티나,
저 별들에 포탄을 떨구지 말아요
아이스크림 드실래요?
미루나무를 통과한 바람처럼 시원하네요
무기여 잘 있거라,
불법 무기를 소지한 외국 작가와
한바탕 싸웠다니까요 팝송을

틀어놓고 시끄럽게 비틀, 비틀스
비틀거리는 적막한 오후의 세대
거짓말이에요
시집을 읽었어요, 2천 원짜리
동그란 비애가 2천 개나 돼요
해방이니 혁명 정부니
다 ×까고 헤딩하는 소리지요
무식하고 무력한 우리
도대체 정부는 불필요해요
상실의 시대에
아스팔트 세대의 검은 혀가
밭은기침으로 뱉어내는 단절된 산문
쓸데없이 말만 는다니까요
설명하지 않겠어요
이해하지 마세요
노을은 이유 없이 산마루에 걸려요
밤과 낮이 뚜렷한 명분으로 교대 시간에
몸 바꾸는 건 아니잖아요
새들이 날아가요
날지 못하는 새들도 있구요
여름인데 추워요
노래하는 여자의 집으로 가고 싶어요
저 어두운 구멍 속에서
죽음이 나오나요

밤이에요
별들이 축구 시합을 하나봐요
호루라기 불며 바람은 심판이지요
둥그런 축구공이에요 달은
오늘은 게임이 없는가봐요
비가 내리네요
설명하지 마세요 칼로리가 높든 낮든
오늘의 식탁은 풍성해요
아버지가 아프니까
신이 나네요
병든 땅에서
예쁜 꽃이 피나요
연꽃은 참 더러운 비유예요
행여 행인과 아이스크림을
나누어 드시진 마세요
벌써 해가 지네요
개들은 즐거운가봐요
빨래들이 바람에 나부끼네요
석양의 이름으로 등불을 거세요
하얗게 빛나는 세탁물들
축복이지요
그대 눈동자는 참 맑아요
그런 등불 하나 갖고 싶어요
콘크리트 숲에서 올빼미가 밤을 지새우네요

지새우다 졸고 있는 그대, 전생의
저 아득한 무덤을 생각해보세요
엘리제를 위하여, 북소리처럼
늘 가슴 뛰는 감동 달리는 소리
너무 빨라요
빠른 게 좋은 건 아니지요
어젯밤 꿈자리는 황홀했어요
아흐, 의식주 중에서
도대체 의복은 거추장스러워요
사제들도 흰옷을 입긴 하지만
도대체 불필요하다니까요
가릴 필요 없어요
싱싱한 비늘로 헤엄치세요
촛불이 맨살을 태우는 새벽
푸른 불꽃으로 기둥을 세우고
존재의 집을 지어보세요
아흐, 좋아요
천하제일 촉산객도
다시 부서질 수 있다는 걸 염두에 둡시다
현대 건축양식은 골조의 미학이 아니에요
진하게 화장한 요부 같은 거리의 집들
검은 도시의 음부에서 우뚝 발기하는
엠파이어스테이트 빌딩
구름과 야합할 수 없어요

차라리 풀잎으로 집을 지어요
모든 최후의 폐허 속에서도 인간은 살지요
자, 아이스크림 드세요
연기로 피어오르는 밥 짓는 냄새
피아노 소리 메조포르테
피아노 반주 소리에 맞춰 그년
이상한 노래를 불러요
아흐, 아흐, 좋아요
우리의 천국이지요
이미지의 수첩에서 키 큰
카스피아 꽃을 샀어요
혼자 걷는 자는 아름다워요
남지나해를 지나온 장마군이 태풍양과
사랑에 빠졌대요 그런데 군이 양을
버렸대요 아니 양이 도망갔대요
소문의
휴전선처럼 현기증 나네요
식은땀이 식을 새도 없이 나네요
낚시하러 가자고요
비가 오는데 밤낚시 가자고요
물가에는 가지 말래요
오늘의 운세에 그렇게 적혀 있었어요
이젠 어둡고 무서워요 집에 갈래요
참하고 예쁜 여자가 있을 것 같아요

노란 옷에 하얀 리본을 묶은 개나리
비누 냄새 나는 꽃의 알몸
아 아 샴푸 냄새도 좋아요
욕망이란 몽롱한 것이지요
당신에게 술을 사주었더니
오늘 하루 장자권을 양도하시겠다고요
아흐,
좋아요 하지만
회수권 한 장만 있으면
집으로 돌아갈 수 있어요
그런데 막상 가보면 없어요
거기에 있던 집이 없어요
슬픈 건 그리하여 그곳에서 사라진다는 거죠
그리고 안개가 내렸어요
영양실조래요
교단에서 쓰러졌었어요
면상을 시멘트 벽에 비볐더랬죠
거짓말이에요,
여름의 끝에서 수련이 피어난다는 말
그 수련처럼 흔들리며 가을을 기다렸다는 말
어지러워요, B·B
모자 쓴 장님에게는 등불이 무슨 소용 있겠어요
성모마리아 치맛자락 바람에 펄럭이면
아흐, 숨이 막혀요 잘못했어요

강호에 미련 버리고
달빛 속에 낚싯대나 드리울걸
그리웠어요
자, 아이스크림 드세요
상해는 멀어요
술 취한 독립군은 어울리지 않지요
글쎄요 뭐랄까, 사투리처럼
말버릇인가봐요
습관의 역사, 말버릇인가봐요
피아노 소리 아름다워요
피아노 소리 한 접시 드실래요
피아노 접시 위의 배꽃 같은
작은 손이 더 아름다워요
그 손금 속에 적혀 있는
동굴의 이력서
이, 뿌러뜨리고 싶은
성기의 윤회설
뽀글 라면이 끓어요
어디선가 들어본 듯한
음식물 끓는 소리, 아흐
넘치겠네요
절정이에요
뽀글뽀글 김이 나네요
아침저녁으로 연탄불을 갈아넣는

재채기 나는 삶이라도
궁핍이라도 정이 들면 촉산객
자를 수 없나봐요?
그리움의 물결이지요
버릴 수 없는 해일
바구니에 죽음이 담겨 있나요
슬픔이 뭐예요 술잔 속에 빠진 하루살이의 객사쯤
알아요 글쎄 뭐랄까, 인사했어요
무지의 나뭇잎 뒤에 숨은 저 보이지 않는 힘
등돌리고 헤어져가는 나뭇잎들
혼자 걷는 자는 아름다워요
어지러운 건
꿀벌처럼 닝닝거리며 내리는 눈발
홍역처럼 깊어가는 침의 온도가 아니에요
뜨거운 침도 삼키면서
복날 개 잡아먹듯
살생유택으로 잎사귀 몇 개 버히면서
아직은 가야 할 길이 있어요
별빛을 보고 가면 돼요
음악을 틀어줘요
춤추며 갈래요
질 좋은 잉크 냄새
놈팡이의 코
구조적 악성 질병

추방시켜줘요 지상의 들판에서
유구무언이에요 이제 그만
처형되고 싶을 뿐이에요
샤워를 했나요
비누 냄새가 나요
풍선이 하늘을 날면
5월 그날이
참패의 그날이 떠올라
잊어버리자고 걷던 날이
하루 이틀 사나흘
아흐, 샤워했나요
자, 아이스크림 드세요
아아 날아갈 것 같아요
도청 계단
대낮에도 촛불을 켰다니까요
택시를 잡아줘요
추억이 너무 멀어요
바다는 바다지요
파도의 지도지요
소금 냄새가 나네요
비누 냄새가 나네요
병기 수입중이에요
깨끗한 곳에서
서두르지 말고 차분히

부속품들의 특성을 잘 고려해서
부드럽게 골고루 기름을 칠하고
마지막엔 꼬질대로 확, 쑤시지요
총알은 아껴 쓰세요
국방부가 없는 가난한 나라예요
알아요 물론 글쎄요, 뭐랄까
개같은 인생이지요
아버지가 아파요
아픈 놈들은 죽어야지
이제 그만 끄세요
몸에 해롭대요
아냐 꽁초가 맛있어
끝까지 피우고 미련 없이 버릴 거야
버린 아버지는 다시 피울 수 없을 거야
무덤을 보고 왔어
잡풀만 무성하더군
슬펐겠군요
쓸쓸했어 석양처럼 멀리서 웃고 싶었어
만가 흐르는 저녁 강에서 손을 씻는데
재채기가 나오더군
월경을 하고 싶어요
질펀히
노을 같은 월경
샤워할래요

수염 난 사내와 걷고 싶어요
상처 입은 사내에게 프러포즈할래요
아버지가 죽었나요
모르겠어
수염을 깎아야 되겠어요
미련 없이 밀어버리세요
둥둥둥 타오르는 추억의 숲
둥근 모자를 쓴 죽음
오후는 너무 더웠어요
자각 증상이 일어나요
샤워를 해야겠어요
말씀하세요
땀이 나네요
수염을 깎았어요
깨끗해졌어요
죄를 없애는 건 언제나 잘 드는 한 자루의 칼
버히겠어요 음악소리
무성한 저 행복의 잡목숲
미련 없이 밀어버리겠어요
장작을 준비하세요
월동 준비예요
FM 방송
하루종일
비 내리는 소리

하이마트 로제 그대
실향의 촉산객, 오늘도 걷는다마는
정처 없는 통나무예요
혁명 정부의 기둥이에요
불꽃이에요 참나무 속으로 흐르는
강물의 타오르는 노을이에요
누군가 배후에서 오줌을 싸고 있어요
그럴듯한 자세로 서 있는
저, 저
아흐, ×새끼
아이스크림 드세요
산다는 건 고단한 노동이 아니에요
즐거운 수고지요
맛있는 식사처럼 즐거워요
그대는 발랄한 랜드로바 세대
그림을 그리나요 물음표
대화입니다 말줄임표
횡설수설이군요, 속수무책의
아니지요 쉼표 몸짓이지요 마침표
통나무예요
그냥 서 있는 꿈이에요
독립군이에요
군자금이 필요해요
상해가 너무 멀어요

어머니, 더워요
목물해줘요 지고한 사제
멜기세덱의 이름으로 세례받고 싶어요
아이스크림 드실래요
손톱이 마구 자라나요
누굴 할퀴면 어떡하죠
무서워요
장엄하게 쓰러지는 게 음악이라면
소나기 쓰러지는 오후에는 유리창을 닫아요
음악소리가 슬픔처럼
방울방울 튀어오르잖아요
콘크리트 친 손바닥이 아직 마르지 않았잖아요
걸으면서 생각해보세요
밀린 집세와 오물세
그 많은 횡설수설을
고민하지 마세요
오늘 먹을 빵은 오늘 구하고
내일의 식사에 대한 명상 따윈
집어쳐
버리세요
해결된다니까요 그런 건
아무도 사랑이라고 말하지 않아요
사랑이 무어냐고 물으신다면
그저 의무야요

더워요
샤워하세요
밥 좀 줘
배가 고파
상해는 멀어
아름다운 나라를 세우면
이름을 뭐라고 지을까
아이스크림 공화국, 아흐
해 돋는 언덕에서 잠들어 있었어요
발바닥이 간지러워요
G장조로 불어오는 풀 바람
끝까지 버티겠어요
버티는 게 사는 것이야요
쓰러지는 건 참혹한 증명이야요
아흐, 핵 핵
패각이에요
패배자의 도주
삼십육계, 누님
배가 아파요
그래 계속 아프거라
조카가 귀여워요
개를 잡아먹지 말아라
술도 좀 그만 마시구
담배도 줄이구

개고기가 얼마나 맛이 있는데요
순 잔인한 지성의 탈이로구나
더워요
선풍기 틀어줄까
싫어요, 밀려가요
심란하게 밀려서
가볍게 가비얍게
아아 붕 날아서, 멀리 아득히
죽음 곁으로 가게 돼요
누님, 궤변이에요
사랑하는 사람과
판자들 둥둥 떠다니는 저 하늘 길목에
예쁜 수상가옥 짓고 싶어요
내가 좋아하는 시 읽어주고
좋아하는 음악 함께 듣고 싶어요
욕심이겠지요 갸륵한 욕망이겠지요
눈물 나는 참사일까요?
너는 꿈틀거리는 비극을 껴안고 있구나
알았어요
설명하지 않겠어요
부자유와 열악한 빈곤이에요
밀린 잠이에요
개꿈이에요
외상장부 같은 추억이에요

유리창이 흔들렸어요
바람이 불었다고는 말하지 않겠어요
설명하지 않겠어요
독립과 과거와 미래와 이미지예요
목적은 과정이에요
저, 빌어먹을 도덕률이에요
안개 자욱한 낯선 바다예요
설명하지 않겠어요
어두운 등불의 강이에요
홀로 취해서 흐르는 강이에요
그 모든 것의 일부인 열악한 기다림이에요
아무것도 설명하지 않겠어요
돌아섬과 길 떠남과
두루마리 화장지처럼 풀어지는 회억의 한 모퉁이
윤회의 강, 끝이 보이지 않는 그곳으로 깊숙이
다이빙할 뿐이에요
눈이 내려요, 해협을 건너 눈이 내려요
낭만적으로 웃겠어요 부자연스러우면 그냥
쓰라리게라도 웃어보겠어요
눈은 축복, 눈은 축제, 눈은 아득한 순교
동학사에 꽂히는 엽서
개들은 즐거운가봐요
오래된 지구는 기침을 하는데
천사들이 샴푸로 머리를 감나봐요, 여름밤

가벼운 먼지들을 가라앉히며 중국인 마을에
눈이 내리는데
그대 검고 어두운 외투에
눈꽃 피우며
마구 폭설이구나

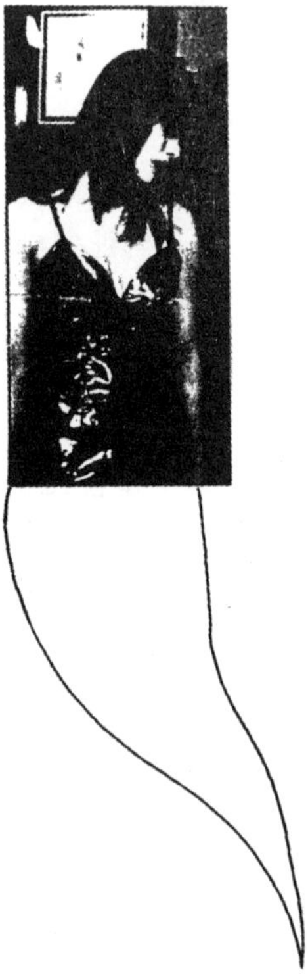

* 이가흔: 영화 〈타락천사〉의 주연 여배우. 내 시의 자동기술법을 도와준 여인.

두 달 정선

나의 추억

백두산 천지에 사는 공룡이
수만 년의 기억을 물속에 담가두고
바람이 불면 흔들리는 꿈속에 잠기듯

두 달 정선

안녕, 셰릴린 펜* 이제야 너를 떠난다
청자다방의 식은 커피와 구겨진 추억 몇 장
그대로 남겨두고 이제야 너를 떠난다

황혼녘의 엽서는 어둠에 지워졌으니
우리의 사랑은 진부했구나
별어곡에서 원주까지 눈이 내리고
성냥갑 같은 지붕들이 젖은 날개를 털 때
출렁이는 산맥의 눈발 속으로 잠수해가는
청량리행 야간열차, 바라보면
세상은 온통 젖어 있는 것들로 가득하여
기억의 협곡 사이로 밀려오는
무수한 눈보라
읽히지 않는 우리의 불면
아아, 어느 황혼녘에
다시 엽서를 띄울 수 있을까

술을 마신다 자작나무 숲의 속삭임과 덜컹거리며
달려가는 청춘의 무모한 질주 사이에서, 글쎄
짐짝같이 출렁이는 저마다의 고독을 가늠하며
나는 떠난다 누군가 자정의 당구를 치고 있을
그곳을 무슨 종지부처럼 남겨두고 나는 떠난다

안녕, 셰릴린 펜

황색 필라멘트를 가진
30촉의 추억이여

* 셰릴린 펜: 영화 〈Two Moon Junction〉에 나오는 주연 여배우.

베트남

베트남의 어디에선가 배들이 흐르고
친구는 그 배를 타고 갔다 한다
아오자이를 입은 여인들이 오이꽃처럼 웃었지만
친구는 배를 타고 검은색의 다큐멘터리 속을
그렇게 갔다고 한다

라라를 위하여

밤을 달리는 생쥐들의 천장 아래 누워
마른 식빵을 씹으며 밀려난 쿠데탄지
밀란 쿤데란지 하는 체코 작가의 책을 읽는다
참을 수 없는 존재의 가벼움이란 것도
얼핏 생각하면 참아낼 수 있을 것도 같은 밤
진짜 참을 수 없는 건 존재의 피부마다에 생기는
가려움증 같은 거
산다는 게 어쩌면
긁어 부스럼 만드는 일일지도 모르지만
거리마다 혁명의 상처만 가득한 나라에서
유곽의 술집들은 이미 아름다운 진통제
슬픈 유곽의 사랑을 지나서 이 시대의 청춘들은
별빛 가득한 광장으로 모이고 참을 수 없는
존재의 억압과 물고문과 목 조르기에 대항하여
싸우지 발악적으로 외치지
양키 고 홈
해석하자면 이런 거지
민주주의여 만세
밤을 달리는 생쥐들의 천장 아래 누워
찬물을 마시며 밀려난 쿠데탄지
밀란 쿤데란지 하는 체코 작가의 책을 읽지
않고 덮는다 참을 수 없는 졸음에 겨워 잠시
창문을 열면 까만 사철나무 잎 사이의 은빛
거미줄을 밟으며 외롭게 줄을 타고 있는 너

오래 참아온 내 사랑의 고백처럼
저 너머 종루에서 들려오는 종소리
해석하자면 이런 거지
개똥지빠귀는
개똥지빠귀

달맞이꽃

달빛 한줄기 없는 다락방에서
추억의 꽃씨처럼 누워
어린 시절의 달맞이꽃으로 피어난들
누가 눈치채기나 할까요
푸른 눈을 반짝이며 밤의 기둥을 깎아
저 먼 은하수로 통하는 동굴을
파고 있는 생쥐들을 보고 있노라면
신기해요, 저 튼튼하고 긴 앞니의 자유
열 손가락 꼽아본들 나에겐 그런 신기한
재주도 없어
그저 풀썩거리며 먼지만 내다 만 하루
노을을 접어 뒤춤에 구겨넣지요
문을 열고 나가 사랑을 하고
돌아와 문을 닫고 그리워하는 건
흔하디흔한 습관성 발작
달빛 한 줄기 없는 다락방에서
추억의 꽃씨처럼 누워
어린 시절의 달맞이꽃으로 피어난들
누가 눈치채기나 할까요

그것이 알람브라 궁전의 추억이라면

그것이 알람브라 궁전의 추억이라면
녹슨 빗장을 풀고 내 추억의 일부를 보여다오
오래전에 도둑맞은 나의 산맥과 강 언덕의
비밀스러운 낙타의 보행을 보여다오 눈먼
태양의 밤, 컹컹거리며 추억을 짖는 개들
서러운 노래의 악보를 보여다오
그것이 알람브라 궁전의 추억이라면
빗속을 횡단하던 녹슨 물고기들의 기억을 보여다오
오래전에 떠나왔던 어머니의 자궁 아름답게
출렁이던 잔잔한 기억의 물결을 보여다오
빈혈처럼 아득한 문 닫힌 기억의 저편
서러운 노래의 악보를 보여다오
그것이 알람브라 궁전의 추억이라면

장마

여름 내내 방에서는 곰팡이 냄새가 났다
정리되지 못한 추억의 일부에서도 여전히
곰팡이 냄새는 났다 『방법서설』에서부터
고리키 단편소설선까지 책들이 익어가는 동안
기억의 다락방을 열면 거미줄 아름답게 빛났다

기억이 아름다울 수 있는 건
스스로 만든 폐광 속에서
빛나는 거미줄을 꿈꿀 수 있기 때문, 이라고
그 여름의 장마 속에서 누군가에게 나는
쓴 것 같다

잠수

바다는 푸른 깃털을 떨구며 자꾸만
날아오르려 하고 주인이 없는
주막집에서 술을 마시고 사내는
고개 숙여 옛 애인을 생각하는
것이었다, 밤이
무수한 생각을 이끌고 와서는
사내 곁에 정박해 있었다

취한 사내는 비틀거리며 자꾸만
바다의 날갯죽지 속으로 걸어들어가려 하고
바닷가의 안개는 말없이 긴장하며
차가운 파도 속으로 숨어드는
것이었다, 어두운 물방울들이 길을 막을지라도
그곳으로 가면 아름다운 섬이 있을 것이다

사내는 조용히 웃으며
깊고 어두운 눈물 속으로
잠수해들어갔다

하늘의 뿌리

그것은 풀리지 않는 욕망의 매듭 같은 것이었다
밤새도록 비가 내려 하늘의 뿌리가 지상에 스며들 때
더러는 꿈속까지 비가 내려
잠든 욕망의 옆구리를 들쑤실 때
애인이여, 너를 덮고 잠들던 나의 곤고한 청춘은
한 장의 음화에 지나지 않았는지도 모른다
갈증과 회한이 교차하는 새벽의 문턱에서
삶은 때로는 죽음보다도 더 깊은 침묵으로
나를 엄습하고, 그 격렬한 고독으로부터
나를 건져올리던 것은
어쩌면 그 아름답고 우울한
한 장의 음화였는지도 모른다

산다는 게 어쩌면
낡은 구식 쟁기와 같은 것이어서
이미 경작할 마음의 밭이 없는 나는
늘 죽음 쪽에 가깝고,
죽음이 나를 수소문하는 저잣거리에서
나는 추억을 헐값에 팔아넘겼으므로
홀가분하게 죽음에 자수하고 싶었는지도 모른다
지상의 유리창에 달라붙은 한없이 습기 찬 성에처럼
날이 밝으면 흔적도 없이
녹아버리고 싶었는지도 모른다

병든 혼의 가혹한 질주,
나는 통과하고 싶었는지도 모른다
나를 덮고 있는 갈가마귀떼의 하늘을 지나
하나의 가혹한 시간과 공기 속을
나는 통과하고 싶었는지도 모른다
지구의 자전을 거슬러올라 또다른 별의
윤회 속으로 가고 싶었는지도 모른다

하늘의 뿌리여,
너는 왜 지상의 강물에 발을 담그는가
넉넉한 대지의 품속으로 뿌리내리던
빗방울들의 육체여, 너는 지금 어디를
통과해가고 있는가, 밤새도록 비가 내려
그 무슨 격렬한 표현처럼 나를 휩쌀 때
숫처녀와 씹하듯* 그렇게, 오오, 나는
하나의 세상을 통과하고 싶었는지도 모른다
다만, 속도에의 열망 같은 것이
나를 살아가게 하던,
이 잔인하고도 황홀한
시간의 늪 속에서

* 숫처녀와 씹하듯: 앙리 미쇼의 시 「바다와 사막을 지나」에서 인용.

이 세상의 애인은 모두가 옛 애인이지요

이 세상의 애인은 모두가 옛 애인이지요
나의 가슴에 성호를 긋던 바람도
스치고 지나가면 그뿐
하늘의 구름을 나의 애인이라 부를 순 없어요
맥주를 마시며 고백한 사랑은
텅 빈 맥주잔 속에 갇혀 뒹굴고
깃발 속에 써놓은 사랑은
펄럭이는 깃발 속에서만 유효할 뿐이지요
이 세상의 애인은 모두가 옛 애인이지요
복잡한 거리가 행인을 비우듯
그대는 내 가슴의 한복판을
스치고 지나간 무례한 길손이었을 뿐
기억의 통로에 버려진 이름들을
사랑이라고 부를 수는 없어요
이 세상의 애인은 모두가 옛 애인이지요
맥주를 마시고 잔디밭을 더럽히며
빨리 혹은 좀더 늦게 떠나갈 뿐이지요
이 세상에 영원한 애인이란 없어요
이 세상의 애인은 모두가 옛 애인이지요

고요한 아침

티티새, 장박새, 방울새, 호로새
가문비나무, 사철나무, 너도밤나무
시집간 누이의 편지가 오나
기다려지는 아침

우편함 속에 사랑을

창밖에는 노을이 밀려오구요
소주 한잔 생각만 간절하구요
바람에 섞여 소문들 흘러가네요
나는 앉아서 늙어만 가요
내 눈꺼풀의 창문은 어둡고 쓸쓸해
자전거를 타고 가던 당신의 모습도
보이지 않아요 떠가는 염소구름도
이제는 보이지 않아요
나는 지금 추억 안에 서서
거리의 나무들과 함께
걸어가네요
거리는 이미,
하늘로 통하는 동굴의 입구 같은
별들이 무수한 길을 만드는 밤이구요

고흐의 그림 두 편

1. 측백나무와 별과 길

걸어가는 자 걸어가게 하라
마차를 타고 가는 자 마차를 타고 가게 하라
은전 같은 별은 은전처럼 빛나게 하라
측백나무 한 그루 외롭게 타올라
하늘을 불태울 때까지
측백나무 한 그루 외롭게 타오르게 하라

2. 늙은 농부

세월은 고뇌의 강을 깊게 하고
노을의 심지를 짧게 하지만
깊은 물결은 모든 걸 아름답게 받아들일 수 있고
쓰러져가는 노을이 더욱더 찬란함을

걸어가는 자여
생각하라

생의 모퉁이 가게

언젠가 와본 듯한 거리를 낯설게 걸어가면서
나는 문 닫힌 상점의 앞을 지나간다
성냥을 사기 위하여 이 거리에 왔던 것일까
담배를 피워 물면서 연기처럼 자욱한 기억을
더듬어본다, 비 그친 가로수 잎 사이에는
습기 찬 작은 새들이 스며 있다

새들은 저희들끼리 떠들며 나의 머리 위를 지나간다
지나간다 세월은 나를 이 낯선 거리에 던져두고
저희들끼리 떼 지어 날아간다

언젠가 와본 듯한 거리를 낯설게 걸어가면서
나는 푸르게 돋아나는 공중의 다리를 지나간다
가로등을 켜기 위하여 이 거리에 왔던 것일까
너무 밝아 오히려 어두운 신촌의 길모퉁이 서점에서
젊어서 죽은 어느 시인의 유고 시집을 보며
나는 처마끝에서 떨어지는 물방울들의 생각을
뒤적여본다, 성냥을 사기 위하여 그가
이 거리에 왔던 것일까

추억도 없는 길

하늘은 신문의 사설처럼 어두워져갔다
주점의 눈빛들이 빛나기 시작하고
구름은 저녁의 문턱에서 노을빛으로 취해갔다
바람은 한 떼의 행인을 몰아 욕정의
문틈으로 쑤셔넣었다 인간이 산다는 것은
무수한 욕망으로의 이동이라고 그날 저녁의
이상한 공기가 나의 등뒤에서 속삭이고 있었다
그러나 이상도 하지 술을 마시고 청춘을 탕진해도
온통 갈망으로 빛나는 가슴의 비밀, 거리
거리마다 사람들은 바람에 나부끼며
세월의 화석이 되어갔다

그리고 세월은 막무가내로 나의 기억을 흔든다
검은 표지의 책, 나는 세월을 너무 오래
들고 다녔다 여행자의 가방은 이제 너무 낡아
떨어지는 나뭇잎에도 흠칫 놀라곤 하지만
세월에 점령당한 나의 기억을 찾으러
둥그런 태양의 둘레를 빙빙 돌며 저녁의 나는
이 낯설고도 익숙한 거리를 걷고 있는 것이다

지상의 간판들은 화려하고도 허황하구나
기억의 처음에서 끝까지 아아, 나는
추억도 없는 길을
가고 있었던 것이다

어두운 상점들의 거리

불꽃이여, 검은 모자를 쓰고 저녁이 나의 등뒤로 다가올 때
습관의 지점마다 낡은 별들이 뜨고 검은 잎들이 진다, 보라
너무 어두워진 사람들 거리마다 가볍게 둥둥 떠다니고
침몰의 소식만이 어두운 골목에 기록되는 폐허로운 세월 속에서
아이들이 태어나고 담배를 피워 물고 희망과 절망이 교차되는 걸

삶은 부조리하게 아름답고 치욕적으로 황홀하구나
우리의 이름은 흘러가는 구름이었으니 다시 부를
우리의 이름을 위하여 우리의 삶은 다시 한번
긍정적으로 검토되어야 하는 것을

저녁 열차가 단풍잎 같은 불꽃을 달고
귀향의 언덕 위를 달릴 때
새롭게 뜨는 별과 달의 운행을
우리 흘러가며 맑은 눈동자로 보아야 하리

사랑으로 가슴이 무너지는 날에는 엽서를 쓰고
눈을 감으면 아득히 그리워지는 그 무엇을 위해
아아, 가슴으로 물결쳐오는 루오의
그림 같은 비가를 위해

우리는 서로 만나야 하고
목숨건 사랑의 안팎에서
부서지고 깨어지며 밝은 상처로 빛나야 하느니

오호, 불꽃이여
그때 우리들의 모습을 비춰다오

새벽 편지

아무것도 변하지 않는 것은 없습니다
세월은, 잔인하게 나의 이마를 흔들며 갑니다
꿈같은 한 세월을 잊기 위해선
흐르는 강물에 머리를 감고, 햇빛 아래
두 팔 벌려 서야겠습니다

돌아가고 싶습니다
어머니와 함께 이삭 줍던 황혼의 들녘
새들이 별빛을 물고 따라오던 그 저녁의
등불 아래로, 젖은 신발을 끌며
돌아가고 싶습니다

견소에서

무화과나무를 보았네
강릉 지나 견소라는 곳
마을 어귀를 돌다가
말로만 듣던 무화과나무를 보았네
열매 속에서 속꽃 피는 게 무화과라고
누군가 말했던가
멀리,
파도치는 소리
아직도 난감한데
갈매기도 멀리,
못 떠나는 해일 심한 날
꽃피우지 못한 무화과나무를 보았네
버림받은 오후에
내가 꼭 그 속의 열매 같았네
대청 지나 중청, 소청 지나
그곳에 당도한 내가
이제 무화과 열매 속으로
걸어들어가고 있네
무장해제당한 채
말없이,
망명하고 있네
그 어둡고 단단한 곳,
바라보니, 그대 깊은 가슴속

솔숲에 누워

그대들의 노래를 따라 부르마
홀연 나는 지쳐서 길 위에 누웠다
가도 가도 애인 같은 나라는 멀더라
뼛가루 맘껏 뿌릴 그리운 바람도 없더라
두만강이나 해남 그 서러운 땅의 경계에서도
뱃사공들은 모다 옛 노래를 잊었더라

스스로를 유배당했다고 생각하는 날들이 길더라
삼수갑산으로 떠난 잠은 쉽사리 돌아올 줄 모르고
부질없는 욕망의 긴 비가 옆구리를 적시더라
스스로를 유배당했다고 생각하는 날들이 몹시
길고도 길더라, 한때는 사랑을 봉화처럼
피워올리기도 했지만 침략과도 같은 성급함으로,
대낮에도 취한 그리움만 봉두난발로 헤매이더라

그대들의 노래를 회한도 없이 따라 부르마
사랑은 바람결에 슬며시 왔다가 사라지는 것
물결치는 하늘은 그대로 마냥 푸르고 넓어서
바람의 돛폭에 휩싸여 통, 통, 통,
눈물을 말리며 초롱한 눈망울이 간다
솔숲 사이로 새떼 같은 내 마음이 간다

내 마음속 만주 벌판

바람은 바람의 말로써 나를 가르친다
하늘 저편, 아직도 나의 피가
몇 송이 자목련으로 피어오르는 땅
할아버지의 청춘이 더욱 당당하기 위하여
숨어들던 장백산, 그 깊고 어두운 침묵을 깨고
바람은 내 마음속 만주 벌판으로 불어와
차가운 눈발로 내 의식의 허약한 유리창을 흔들고
살아서 무덤에 갇힌 사람들의 두 눈에 등불을 달며
달려가라, 동편으로 서편으로
오오, 달려가라 호령한다

바람은 바람의 몸짓으로 나를 가르친다
하늘 저편, 아직도 나의 사촌들이 목단강을 지나
서안이나 사평으로 말을 달리는 땅
초승달보다 깨끗한 이마의 여인들이 길쌈을 하는 곳
어릴 적 마차를 타고 성묘를 가던
어머님의 추억을 밀며
그 아득한 곳에서 바람은 불어와
내 마음속 그리운 이름들을 깨우고
잃어버린 고향과 때묻지 않은 별들을 일깨우며
조국의 벌판 만주로 가라
오오, 만주로 가라 호령한다

새들은 목포에 가서 죽다

그곳에 가면 네가 있을 것만 같다
바람에 부서지는 섬들과 모래톱 사이로 스며드는
따스한 물방울들, 그곳에 꼭 네가 있을 것만 같다
어젯밤에는 바람 속으로 망명하는 꿈을 꾸었다
붉게 물들어가는 단풍잎들이 밤새도록 내려
서럽도록 그리운 너의 안부를 덮어주었다

눈, 눈을 감고 백야를 노래함

하염없이 눈이 내리네
겨울이 늦게 오니까 눈이 먼저 내리고 있네
죽음은 풍경 속의 개들처럼 늘 삶보다 먼저 오네
새벽 두시에 깨어 내리는 눈을 하염없이 들여다보네
눈은 몇 사람의 이름과 기억해야 할 몇 개의 순결로 내리고
가도 가도 끝이 없는 것은 내 안의 사막과 길들이었네

세상의 모든 길들 틔우며 처음 보는 눈이 내리네
아주 먼 곳으로부터 달려온 것이어서
지금은 비애조차도 아름다운 눈들의 발
눈들의 밤, 하품도 잊은 신성한 시간 위로 눈은 내려
하염없이 쌓이고 쌓여서
내일이면 젖어서 펄럭일 내 영혼의
새들의 날갯짓 위에 빛나는 은빛 사랑

정릉에는 별이 많다

정릉에는 별이 많다, 아직
재기발랄한 그대 바람 부는 날에는 정릉으로 오지 마라
산비탈에 달라붙어 있는 아픈 세월의 부스럼 같은 월세방들
바람 부는 날이면 위험스럽게 허공에 둥둥 떠다니고
아카시아 숲에서 자란 별빛들이 밤하늘의 가시로 돋쳐 있다
아무리 빠른 검도 자신의 슬픔은 버히지 못하는 법, 정릉의
개들이 발로 차버린 찌그러진 양재기 같은 밤하늘에선
무더기로 슬픔이 쏟아진다, 슬픔에 면역성이 없는 그대
바람이 불고 비가 내리는 날에는 정릉으로 오지 마라
슬픔은, 아주 전염성이 강한 인생이라는 질병을 몰고 오는 거
각성은 가끔 투명한 소주잔 속에서 일어나는 거, 거리에서
마신 막소주가 그대의 식도를 거쳐 내장의 진실에 닿을 때까지
푸르게 펼쳐져 있는 밤의 페이지마다 슬픔의 각주를 달며
묵비권을 연마하라, 이곳은
쓸쓸하고도 향그러운 사랑의 바이러스들이 날아다니는
희망의 고산지대, 이곳은 나뭇잎마저 엽서가 되는
바람의 우체국, 별들의 펜 끝이 밤새도록 그대를 찌를

까 두렵다
발랄하고 경쾌한 행보의 그대여, 맨발의
폭설이 떨어지는 날에는 정릉으로 오지 마라
정릉의 눈발 속에서 적수공권의 그대 속수무책으로 하얗게 얼어맞나니
비명과 횡사는 가끔 낯익은 언덕을 오르지 못하여 일어나는 거
그대의 아무리 빠른 발도 정릉의 가파른 언덕에선 미끄러지기 십상
오호, 진실로 바라노니 그대여
바람 부는 날에는 정릉으로 오지 마라
가슴 아픈 사람들 기침으로 바람 부는 날이면
은하수들 스스로 베틀을 돌려
정조를 무덤처럼 가리나니, 성의 북쪽
정릉에는 별이 많다

사북에서

아 벌써 어두워, 걸어가면서 고양이들은
소리지른다, 좁은 길을 벗어난 막사 같은 집들은
덜컹거리는 문을 닫고 서둘러 성냥불을
켜본다, 저 멀리에서 들려오는 교회당의 종소리
유난히 하얗다 골짜기 가득 쌀밥 같은 눈 내린다
아 벌써 어두워, 고양이들은 뛰어가면서
소리지른다, 여인네들은 가슴이 뛴다
저녁 밥상을 준비한다 창문을 후려치며
바람이 달아나고 있다

통근 버스는 날마다 한 시간씩 늦는다
석탄가루를 흩날리며 버스에서 내리는 사내들
굽은 등뼈 뒤로 희미한 불빛 빛난다
간혹 기침처럼 빛난다, '위대한 선진 조국
창조'를 지나서 사과처럼 단단한 얼은 볼을 비비며
간다 정육점을 지나쳐서 간다 말없는 사내들
기성화를 끌며 누군가의 기다림 속으로 간다
하얗게 솟아오르는 땅을 헤치며 간다
고양이들이 두 눈의 등불을 끄고
오래도록 그 풍경을 바라보고 있다

몰운대에 눈 내릴 때

세상의 끝을 보려고 몰운대에 갔었네
깎아지른 절벽 아래로 사랑보다 더 깊은
눈이 내리고, 눈이 내리고 있었네
강물에 투신하는 건 차마 아득한 눈발뿐
몰운대는 세상의 끝이 아니었네
눈을 들어 바라보면 다시 시작되는 세상
몰운리 마을을 지나 광대골로 이어지고
언제나 우리가 말하던 절망은 하나의 허위였음을
눈 내리는 날 몰운대에 와서 알았네
펑 펑 펑 눈이 내리고 있었네
산꿩들 강물 위로 날고 있었네
불현듯 가슴속으로 밀려드는 그리운 이름들
바람이 달려가며 호명하고 있었네
세상의 끝을 보려고 몰운대에 갔었네
깎아지른 절벽 아래로 사랑보다 더 깊은
눈이 내리고, 눈이 내리고 있었네
강물은 부드러운 손길로 몰운대를 껴안고
그곳에서 나의 그리움은 새롭게 시작되었네
세상의 끝은 또다른 사랑의 시작이었네

아무것도 아닌 것을 위하여

나는 스스로 고통스러워서가 아니며
나는 스스로 절망스러워서가 아니며
나는 스스로 광란에 몸을 맡기고 싶어서가 아니며
나는 스스로 자유의 목적이나 목적의 자유에
나는 스스로 적응하기 위해서가 아니며
나는 스스로 죽음의 그 향긋한 냄새에 도취하고 싶어서가 아니며
나는 스스로 시간의 손에 목 졸리고 싶어서가 아니며
나는 스스로 욕망에 항복하기 위해서가 아니며
나는 스스로 패퇴하기 위해서가 아니며
나는 스스로 사유하고 존재하기 위해서가 아니며
나는 스스로 실연당하기 위해서가 아니며
나는 스스로 변태성욕자가 되기 위해서가 아니며
나는 스스로 밀입국자가 되기 위해서가 아니며
나는 스스로 정신의 유배지로 망명 가기 위해서가 아니며
나는 스스로 윤회에 관한 연구를 완성하기 위해서가 아니며
나는 스스로 탕자가 되어 용서받기 위함이 아니며
나는 스스로 후기산업사회의 쓰레기가 되기 위해서가 아니며
나는 스스로 불면을 조장하기 위해서가 아니며
나는 스스로 오리무중으로 속수무책으로 가기 위해서가 아니며

나는 스스로 인질 납치극의 주인공이 되기 위해서가 아니며
나는 스스로 절대적 창조를 향한 시인이 되기 위해서가 아니며
나는 스스로 원고료를 받아 생활을 꾸려가기 위해서가 아니며
나는 스스로 무정부주의자들의 구호를 따라 외치기 위해서가 아니며
나는 스스로 엄숙주의나 경박함으로 달려가기 위해서가 아니며
나는 스스로 아무것도 할 수 없는 나를 위하여
나는 스스로 아무것도 아닌 것들을 위하여
나는 스스로 감히 글을 쓴다

지난해 마리앙바드에서*

그녀의 방은 그녀의 머릿결 속에 숨어 있었네
숲은 잎사귀들만으로도 어두웠네
지난해 마리앙바드에서 우리는 만났네
그녀의 방은 아주 조그만 다락방이었네
하늘은 칸칸의 별들을 하숙방으로 나누어 가지고 있었네
그녀의 옆구리에는 하나의 밤바다가 있어
물고기들 사이에서 외로웠네
외로움으로 하숙비를 지불하던 그녀를
지난해 마리앙바드에서 나는 사랑했네
겨울 내내 도마뱀의 꼬리처럼 툭, 툭
끊어지며 눈이 내렸네 추억은
지난해 마리앙바드에서부터 생겨나네
나는 개들과 함께 그녀의 집으로 가는 길을 아네
그녀의 방은 그녀의 기억 속에 희미한 낮달처럼 꽂혀 있었네
그녀의 문을 열면 아주 어두운 대낮이었네
지난해 마리앙바드에서 그녀는 떠나갔네
그녀는 하나의 숲과 하나의 바다를 가지고 떠나가버렸네
툭, 툭 끊어지며 추억이 내렸네 눈이 내리고 있었네
추억은 또한 지난해 마리앙바드에서 창문을 닫고 있었네
지난해 마리앙바드에서 잉크로 그려진 애인들 노래를

부르네
　아무도 그 노래를 듣지 못하네 지난해 마리앙바드에서
　그녀의 방은 어디에도 없었네 그녀는 그녀의 방을 가지고
　그녀의 기억 속으로 떠나가버렸네 지난해 마리앙바드에서
　나의 추억은 이것으로 끝이네
　지난해 마리앙바드에서의

* 지난해 마리앙바드에서: 알랭 로브그리예 원작, 알랭 레네 감독의 영화. 나는 이 영화를 보지 못했다. 보지 못했기 때문에 이렇게 시로 쓴다. 무지하다는 것은 때때로 무지하게 자유로운 것이다.

한밤중

1

지난겨울은 지루하고도 추웠어
하늘에는 얼어붙은 새떼 가득하고
그대들 차가운 시선으로부터도 난
출감하지 못했어, 풍경의 감옥이었어
어디론가 떠나야만 할 것 같았는데
문을 나서면 아무데도 갈 곳이 없었어
길들은 바람에 젖어 가파르게 펄럭이고
하얀 갱지의 눈발들이 투항 권고문처럼
수상한 기침을 날리며 내 어깨 위로
날아왔어 사과꽃 같은 웃음을 터뜨리며
질병처럼 만연했어, 거리를 걷는 마음들이
포로들 같았어 바람 속을 행군하는
한 무리의 표정 없는

2

사주황음에 물든 나날의 하늘을 무슨 소중한 책처럼 옆구리에 끼고 다녔네 신발 끝에 걸리는 술, 술집들의 잔혹함 떠나지 못하는 것이 병이었어 어둡고 깊은 자작나무 숲속에 누워 새들의 푸른 사랑을 꿈꾸고 있었는지도 몰라 나는 구멍 뚫린 하늘, 파이프라인을 타고 오르는 석유 먹은 불꽃처럼 아 가혹한 속도에의 열망!

나의 소원은 개같은 이 지상에서 빨리 꺼지는 것!

아아 속도에의 열망만이 나를 살아가게 했네
그때마다 신독하라 신독하라 지상의 나뭇잎들
유언처럼 나직이 내려앉고 신독하지 못하는 나는
자꾸만 독신이 되어 세계의 뒤편으로
조용히 걸어갔네

3

꽁꽁 얼어붙은 혀들의 늪 속의 겨울이었어
전나무들은 생선 가시처럼 들판에 처박혀
질주하며 쏟아지던 유성들의 푸른 길 사이로
머나먼 바다로의 꿈을 보여주었어
숲의 갈비뼈 사이로
불꽃을 튕기며 달려가던 우리가
바람 속의 망명 정부와도 같았던 거야
길은 처음부터 없었던 거야, 자정 넘어
시속 150킬로미터로 달려보면 알지, 가도
가도 끝없는 강원도의 황량한 가도(街道) 우리가
달려가는 만큼 길은 솟아오르고 세상은
헤드라이트 불빛 속에 잠시 모습을 보여줄 뿐
우리는 아무것도 이해하고 싶지 않았어
보이는 것들은 차라리 감옥이었어 아득한
부재였어, 다만 속도에의 열망 같은 것들이
우리를 끌고 가는, 무모하고도 눈부신
아침으로의 여행이었어

나 자신에 관한 조서

1

일찍이 나는 떠도는 하나의 섬이었다, 눈물의 망망대해에서 보면

2

살아 있다는 느낌—고요함이 나를 찌른다, 나는 살아 있다

3

죽은 자들의 책 속에서는 이상한 향기가 난다

4

녹슨 펜과 뼈와 광기—의 오랜 세월이 작은 혁명을 완성한다

5

나는 스스로 감당할 수 없는 무력감 속에서 이 글을 쓴다

6

다시는 돌아올 수 없는 먼 곳으로 시간의 마차는 사라져간다

7

나는 자살한다, 남들에게 무익하니까, 나 자신에게 위험하니까

8

다시 생각해보아도 정열은 부질없는 것

9

영혼과 육체는 처음부터 일치할 수 없었던 것

10

밤벌레들의 울음소리가 내 두통의 원인이었다

11

거미들은 새벽에도 왜 외롭다고 소리치지 않는 것일까

12

광기가 나를 완성하지 못한다면 내가 광기를 완성하리라

13

눈에 보이는 것들의 불가사의—그 속을 꿰뚫어본다

14

불가사의한 것들이 우리를 끌고 간다

15

나는 더이상 움직이지 않겠다, 움직인다는 것은 외로운 것이다

16

산다는 것은 물론 표현한다는 것과는 어느 정도 반대되는 것이다

17

이 밤에 잠들지 못하고 펜을 움직이는 내 손이 저주스럽다

18

정신이 타락하면 육체는 몰락한다

19

그러나 몰락한 육체 속에서 정신이 꽃피는 경우도 있다

20

위대한 작가는 작품 속에서 스스로 침묵할 줄 아는 사람이다

21

겨울은 우리를 따스하게 한다, 그것은 정신의 힘이다

22

패배하지 않는 정신의 힘—나는 그것을 믿는다

23

의미 있는 침묵이란 정당성을 획득할 때 가능하다

24

나는 지금 치명적으로 젊다

25

행복이란 단순한 육체노동 속에서 온다

26

나는 지금 유배되어 있다, 어디에 유배되어 있는지 모르는 채

27

추억은 우리의 등뒤에 서 있다, 푸른 비수처럼

28

담배를 피운다, 눈이 쓰리다, 눈물이 반드시 슬픔의 형식은 아니다

29

언어는 육체다

30

시인이란 인생이 얼마나 참혹한 것인가를 시인한 사람들이다

31

외로움은 표현으로부터 온다, 욕망이 생으로부터 오듯이

32

계단이라는 말속에는 정말로 몇 개의 계단이 있는 것 같다

33

폭력이란 외로움의 극단적 자기표현이다

34

극심한 혼돈은 질서에의 열망과도 비례하는 것이다

35

산다는 것은 끝없이 굴복한다는 것을 배우는 것은 아니다

36

물방울들은 서로의 몸에 경계선을 두지 않는다

37

강물을 바라본다, 흘러가는 것들이 시간이 깊다

38

그대들 안녕하신가, 멀리 혹은 가까이에 있는 섬들이여

39

산다는 것이 때로는 고립 위로 떠오르다

40

불란서와 러시아에 이 밤의 사랑을

41

나는 벌레들을 함부로 죽였다, 그것이 나의 죄다

42

밤하늘의 별들을 모두 셀 수는 없을 것이다

43

또다시 밤을 꼬박 샜다, 오 미친 짓이다

44

열에 들뜬 몸으로 나는 지금 심연으로 가는 길을 안다

45

절망적인 생각들을 몰아내야 한다, 최후까지

46

나는 헛살았다, 라고 중얼거린다, 중얼거리기만 하는 내가 못내 분하고 억울하다

47

왜 이리도 죽음의 예감을 떨쳐버릴 수가 없는가

48

답답하다, 끊임없이 답답하다

49

……

50

한때 내 영혼의 상류에서 육체의 하류까지 범람하던 사랑이여

51

르 클레지오—두 개의 계단과 두 개의 시간 사이에 존재하는 어찌할 수 없는 인간의 고독에 관하여 그는 말했다

52

담배 냄새가 역겹다, 나는 문득 생을 토하고 싶다

53

산다는 것을 포기하고 밤새도록 소설 나부랭이들을 읽다

54

살아 있는 정신은 아름답다

55

거미좌의 별들은 참으로 깨끗하게 빛난다, 사글세의 하늘에서

56

술을 마시지 않고 견딘다는 게 거의 악몽처럼 느껴진다

57

보들레르에게 악수를 청해본다, 그의 퀭한 눈

58

아편 복용자처럼 운다, 밤새도록 나의 펜은

59

나는 필사적으로 나의 외로움을 이해하려고 노력해본다

60

두통이 나를 물어뜯는다, 새벽부터 나의 고통은 시작된다

61

꿈을 꾸기가 두렵다, 두렵다 세상

62

갈 수 있을 것이다, 두통을 넘어서 어디로든

63

갈 수 없을 것이다, 두통이 너무 심하다

64

나의 고통과는 얼마나 무관하게 이 세계는 흘러가는 것인가

65

에잇, 엿 먹어라 세상!

66

너는 날씨 속에 있다, 아주 천박한 날씨 속에

67

작은 새들이 지구를 물고 또 내 방 창가로 날아온다

68

하늘을 본다, 새떼가 지금 윤회의 한가운데를 날고 있다

69

나는 언제나 당당하게 행복의 한복판에서 살고 싶었다

70

가을은 10월을 데리고 방랑자처럼 돌아왔다

71

가을은 또 11월을 데리고 부랑자처럼 떠돌 것이다

72

무위여, 파도는 한없이 부서지며 또한 무수한 바다를 이루었던 것을

73

책, 책, 책, 울며 날아가는 눈먼 박쥐들의 시간

74

아무것도 아닌 것들을 위하여, 나는 감히 글을 쓴다

75

나의 영혼은 지금 시와 소설로 분단되어 있다

76

글 속에 나타나는 위대함이란 절실함 속에서 온다

77

글을 쓸 때 가장 위험한 것은 자기 검열에서 비롯된다

78

상상력이란 무용한 것이다, 무용함이 때때로 우리를 살아가게 한다

79

산다는 것은 하나의 추억을 완성하기 위하여 집요하게 애쓰는 것

80

혹은 하나의 문체를 완성하기 위하여 집요하게 애쓰는 작가들의 삶

81

이 세계는 글로 쓰여진 한 장의 종이에 지나지 않는지도 모른다

82

모든 것들의 내부는 어둡다

83

동물들 속에서 가장 무서운 사랑을 나는 보았다

84

그저 잠정적인 것에 지나지 않는다고 여겼던 이별—그것은 영원한 것이다

85

나를 이루지 못하고 떠나가는 무수한 외곽의 시간을 보다

86

자신의 음악을 발견한 자는 하나의 영원을 획득한 것이다

87

이 세계의 질서는 말에 의해 구축되고 말에 의해 파괴되리라

88

먼저 쓰고 그리고 사고하라

89

생선들의 뼈, 낡은 부두, 시간, 붉게 밑줄 쳐진 희망, 고장난 시대의, 하역장, 가로수들의, 헌책방의, 세월, 부두의, 갯내음의, 부서진, 목포에서, 목포에서, 바닷가에서, 꽃처럼 피어오르는, 고기의, 비늘의, 어둠의, 별빛, 부서지는, 포말의, 비릿한 포말의, 가슴의, 가슴의, 한없이 부서지는 목포에서, 목포에서

90

빌더무트라는 사나이, 그가 한순간 겪었던 진실에 대하여

그것도 육체의 진실에 대하여 목포는 아직도 말할 수 있다

말이 필요 없었던 반다

그리하여 살고 있었던

바람과의 일치, 비와의 일치를 말하는 반다의 육체

진실이 육체 속에 일치로 스며 있는 그러한 여인네와

그러한 남자들에 대해 목포는 여전히 말할 수 있다

반다가 살고 있었던 카를로바츠 또는 목포

……

그러한 목포는 지금 무엇으로부터 멀리 있는가

91

나는 때때로 현실이 존재하지 않는다는 느낌이 든다

92

그곳으로의 망명, 이라고 나는 써본다 너 나 사랑하니, 라고 나는 써본다 새들은 페루를 지나 목포에 가서 죽다, 라고 나는 써본다 장밋빛 노을이 시들면 어둠은 잉크병을 들고 통째로 마시고 있었지 치사량이야, 라고 나는 써본

다 너 나 사랑하니, 라고 나는 써본다 그곳으로의 망명, 이라고 나는 써본다 그곳, 아아 너는 혹시 아니 그곳…… 그곳으로의 망명

93

담배 연기, 푸른, 니코틴의 외투

94

푸른 천막, 담배 연기, 푸른, 젖은, 깃발, 펄럭이는 영혼의 의혹

95

집착을 버려라, 지구에서 미끄러떨어지면 우리는 또다른 아름다운 혹성으로 갈지도 모르니까

96

우리는 블레이크의 시를 완성했다
우리는 이제 차디찬 사람들을 경멸할 수 있다

97

갱지 같은 하늘에는 검은 태양이 떠오르고 있다

98

나는 나를 부정하는 적의조차 완성하고 싶었다

99

지금 이 순간에도 태양은 몸서리치며 정오의 꼭대기를 향하여 간다, 떨어진다

100

그대들, 살아 있으라
살아 있으므로 너희는 세계의 중심이다

문학동네포에지 008
단편들

초판 인쇄 2020년 11월 11일
초판 발행 2020년 11월 22일

지은이—박정대
책임편집—김민정
편집—유성원 김필균 김동휘 송원경
디자인—이기준
마케팅—정민호 최원석
홍보—김희숙 김상만 지문희 김현지
제작—강신은 김동욱 임현식
제작처—영신사

펴낸곳—(주)문학동네
펴낸이—염현숙
출판등록—1993년 10월 22일 제406-2003-000045호
주소—10881 경기도 파주시 회동길 210
전자우편—editor@munhak.com
대표전화—031-955-8888 / 팩스—031-955-8855
문의전화—031-955-3576(마케팅), 031-955-8865(편집)
문학동네카페—cafe.naver.com/mhdn
트위터—@munhakdongne
북클럽문학동네—bookclubmunhak.com

ISBN 978-89-546-7048-7 03810

—이 도서의 국립중앙도서관 출판예정도서목록(CIP)은 서지정보유통지원시스템 홈페이지(seoji.nl.go.kr)와 국가자료종합목록 구축시스템(kolis-net.nl.go.kr)에서 이용하실 수 있습니다.
(CIP 제어번호 : 2020001774)
—잘못된 책은 구입하신 서점에서 교환해드립니다.
기타 교환 문의 : 031-955-2661, 3580

www.munhak.com
문학동네